GLÜCKSPILLEN

Claudia J. Schulze

Die Gegenwart des Elenden ist dem Glücklichen zur Last, und ach! der Glückliche dem Elenden noch mehr.

(Johann Wolfgang von Goethe)

Herstellung und Verlag. BoD - Books on Demand, Norderstedt

Lektorat: Matthias Ziebarth, Frankfurt a. Main und Phillo, Leipzig

Bild: Klára Sedlo, Prag, Große Schrift!

2020

ISBN: 9783744890175

INHALT

Free links:

https://soundcloud.com/search?q=Werner%20Wilkening

https://soundcloud.com/search?q=Claudia%20J.%20Schulze

Kostenfreie Bonus Tracks

GLÜCKSPILLEN

Auf Bäumen und an kleinem Strauch,

Auch bei der Mutter, tief im Bauch,

Da wachsen sie zwischen den Rillen

Des Todes und des Glückes Pillen.

Das Meer spült mit der Flut sie her,

Im Sand ruh´n sie sich satt und leer,

Der Wind treibt sie uns manchmal aus,

Doch das Glück es kommt ins Haus.

Ebenso auch wie der Tod,

Blut und Saft und Abendrot.

Süße Milch und weißer Kuchen,

Geht nicht ohne zu versuchen!

Obendrauf noch die Glasur,

Kleine, bunte Freudenpillen.

Esst sie! Dafür sind sie nur.

Wachsen stets aus eig'nem Willen

Immerzu aus der Natur.

Tod und Glück sind flinke Reiter,

Sprossen auf der Lebensleiter.

Mitnichten jedoch Widerstreiter.

Wachsen, sterben- und nichts weiter.

DAS HÖRNCHEN IM REGEN

Von einem Eichhörnchen reden wir. Nicht, dass nicht auch diverse andere Hörnchen meinen persönlichen Serotonin-Spiegel auf ein einwandfreies und damit optimales Maß pushen könnten, aber diese zierliche Eichkatze, ach, gegen die kommt einfach niemand an. Mein Nachbar höchstens. Der hat noch im frühen April die Bäume im Hintergarten gefällt. Heute. Heute im April. Wie soll das Hörnchen jetzt hin? Und ich? Warum denkt denn da vorher nie jemand drüber nach! Im Regen stehn wir jetzt beide. Ich werfe Nüsse über den Balkon. Ob das was nützt? „Kannst selber essen für Dein Gehirn. Sehen ja sowieso aus wie kleine Gehirne!"

Mein schlauer Nachbar wieder. „Na toll!", denke ich, und verziehe mich in die Wohnung.

Was soll ich tun? Ein Buch lesen? Mich für etwa eine Stunde in die Badewanne legen und dabei Nüsse essen die wie Gehirne aussehen? Oder Hörnchen?

Soll ich vielleicht Schnaps trinken? Eine Hand voll Glückspillen einwerfen? Mir die Haare eichkatzenrot färben und in der Wanne telefonieren?

Soll ich mir die Nägel schneiden und mich dabei so heftig verletzen, dass ich einen Finger einbüße?

Irgendetwas muss doch jetzt geschehen. Es kann doch nicht einfach so weitergehen als sei nichts geschehen. Mein Eichkätzchen wird nicht mehr kommen. Hat sich mein Nachbar auch nur einen Augenblick darum gesorgt? Weiß er nicht, dass gerade einsame und traurige Frauen ihre kleinen Eichkätzchen brauchen, weil sie sich dann einbilden können nicht gänzlich allein zu sein? Oder weil all die vielen Nachrichten auf der Welt an Bedeutung verlieren, wenn man damit befasst ist sich auf diese winzigen Händchen zu konzentrieren, die da so niedlich aneinander reiben? Weiß er nicht, dass einsame und traurige Frauen sich gelegentlich wünschen so schnell durch die Bäume huschen zu können oder von Ast zu Ast zu fliegen? Versteht er denn nicht, dass es ihre ganz eigene Farbe ist, die sich tröstend auf die Wunde des Größeren legt? Rostrot. Nur diese Farbe vermag das. Wer sie einmal in der Sonne erlebt hat, wird das begreifen. Fast jeder, wie ich vermute. Doch er? Nein. Er wird es wohl nicht verstanden haben. Und wenn, dann wäre es ihm egal. Wahrscheinlich werde ich nun in der kommenden Nacht von ausgestopften Eichhörnchen träumen. Ich kann machen was ich will. Es hilft ja alles nichts.

DIE PRAXIS

Die Praxis, in welche ich mich am vergangenen Freitag in meiner Verzweiflung geflüchtet hatte, empfing mich wie es wohl nur ein wahrhaft freundlicher, gütiger Mensch vermocht hätte. Hell durchflutet, in einem liebevoll restaurierten Altbau gelegen fiel mir als erstes ein antiker, weit geöffneter Schrank mit Glastüren in feiner Holzfassung auf, der den unterschiedlichsten Lesestoff in sich barg.

Ratgeber für Trauernde, Bücher von Erich Fromm oder Hermann Hesse, kleine Zitate mit weisen und aufmunternden Worten und drum herum alles in warmen, behaglichen Farben gehalten.

Dies war eindeutig kein Ort, an dem man diskriminiert werden würde, nur, weil man gerade am Rande eines Nervenzusammenbruchs stand. Erleichtert ließ ich mich in einem der Sessel nieder, die sich in einem herrlichen kleinen Wartezimmer befanden.

Der Ärztin selbst war ich noch nicht begegnet. Sie hatte auf mein Läuten den automatischen Türöffner betätigt. Ganz selbstverständlich, ohne auch nur zu fragen wer ich sei und was ich wolle.

Ich fühlte mich geradezu bedingungslos angenommen und willkommen geheißen. Pathetik stieg in mir hoch, doch diese war, davon war ich zumindest überzeugt, einfach nur der Tatsache geschuldet, dass es derlei Orte heutzutage nur noch selten gibt.

Keine aufdringlichen Arzthelferinnen, die von einem wissen wollen worum es denn gehe, bevor man es überhaupt nur selbst weiß.

Dennoch soll hier keinesfalls der Eindruck entstehen, ich hätte gegen Arzthelferinnen etwas auszusetzen. Das Gegenteil ist der Fall, doch dennoch, es sei mir verziehen, empfand ich es als eine ungemeine Erleichterung ganz ohne vorgeschaltete Person, ganz alleine und in Ruhe in dem Sessel zu warten und mich dabei ruhiger und entspannt zu fühlen als in all den Wochen davor. Etwas Heilendes, fand ich, ging von den Räumlichkeiten aus. Es war durch jedes dieser liebevollen und aufmerksamen Details offenbar, dass diese Ärztin ihre Patienten respektierte, dass sie ihr wichtig waren.

Entgegen meiner sonstigen nervösen Verfassung, die mindestens so lange anhielt bis ich den jeweiligen Arzt oder die jeweilige Ärztin persönlich getroffen hatte, war es mir diesmal nicht eilig damit.

Es gab keinen Grund zur Nervosität. Ruhig und gefasst las ich in einer der Informationszeitschriften über Trauer, welche bei ihr in dem Holz-Schrank mit den geöffneten Türen die geöffneten Armen glichen, auslagen.

Ja, Trauer war es auch gewesen, die mich letztlich zu ihr geführt hatte. Trauer um meinen verstorbenen Neffen, verbunden mit dem Gefühl dadurch so tief verwundet worden zu sein, dass ich wohl ohne ärztliche Hilfe vergebens an dem klaffenden Etwas herumlaborieren würde, das mir meinen Schlaf, mein Lachen und meinen Appetit geraubt hatte.

Mittlerweile war es kurz vor 12. In der Kantine, nur zwei Häuser weiter, hatte sich bereits eine Schlange von Menschen gebildet die auf ein Mittagessen warteten. Normalerweise wäre ich jetzt eine von ihnen, hätte eher lustlos in dem Essen gestochert, um es dann – überwiegend unberührt – wieder zurückzugeben. Doch heute war ich nur zwei Häuser weiter zum Stehen gekommen, hatte das Praxisschild gesehen und, ohne auch nur darüber nachzudenken, den Klingelknopf betätigt. Während mir eben dies nochmals innerlich gewahr wurde, klingelte es.

Diesmal öffnete sich daraufhin die Tür des Ärztezimmers, eine dunkelhaarige, schlanke Frau in hellem Baumwollgewand, offenbar selbst genäht, trat heraus und bewegte sich auf die Eingangstür zu, um sie zu öffnen. Erst jetzt begriff ich, dass sie vorhin nicht mir, sondern der Person, die soeben geläutet hatte, die Tür öffnete. Dieses zweite Läuten nämlich hielt sie nun offenbar für das Läuten eines oder einer Fremden, für die man genötigt sein würde selbst an die Tür zu treten. In diesem Moment sah sie mich, und ihr Blick verriet mir, dass sie sich ihres Fehlers jäh bewusst wurde. Ein kapitaler Fehler. Sie hatte einer vollkommen Fremden, einer möglicherweise gemeingefährlichen Irren die Tür geöffnet. Ein Fehler.

Mit einem Blick, der von Angst, Abscheu und Widerwillen geprägt war, näherte sie sich mir und stellte mir nun wiederum jene Frage, um die ich herumgekommen zu sein glaubte.

Worum es denn ginge.... Ihr Tonfall erinnerte fatal an jenen der wichtigen Menschen oft vorgeschalteten Personen. Er diente, jedenfalls hatte ich das fast immer so empfunden, vor allem der Abschreckung, verbunden mit der Drohung der wichtigen Person bloß nicht übermäßig viel Zeit zu rauben.
Die wichtige Person, hier also die Ärztin selbst, schaltete sich gewissermaßen in personam vor.
Anstelle einer Arzthelferin kam ihr die geballte und kühle Professionalität zu Hilfe, welche bekanntlich der Distanzgewinnung diente. Missmutig ruhte ihr Blick auf mir, und ich sah es geradezu in ihr arbeiten, spürte wie sie sich Mühe gab, um sich etwas einfallen zu lassen, das es ihr ermöglichen würde mich nicht nur umgehend, sondern auch nachhaltig von diesem Ort entfernt zu sehen.

Mittlerweile war die vertraute, akzeptierte Patientin die Stiegen heraufgekommen, öffnete lächelnd die Tür voll der freudigen Erwartung, um sich von Ärztin und Praxis empfangen zu lassen wie man eine liebe Bekannte eben empfängt, während man ihr gerne Tür und Tor öffnet. Auch mich lächelte diese Patientin an. Wusste sie doch nicht, dass ich ein Eindringling war, ein Fehler, etwas Unerwünschtes. Die Ärztin bat sie mit einer freundlichen Geste darum schon einmal in das Behandlungszimmer vorzutreten, ich stand noch immer im Gang, wohl allzu genau wissend, dass ich auf verlorenem Posten war, eindeutig unerwünscht und lästig. Hastig, noch im Stehen, schrieb sie die Adresse einer Ambulanz auf einen kleinen, gelblichen Zettel und verkniff es sich wohl mit letzter Selbstdisziplin nicht auch noch ihre Arme zu nutzen, um mich gleich ganz und gar loszuwerden, aus ihrer Praxis hinauszuschieben.

Doch war das nicht nötig. Ich hatte es auch so begriffen. So steckte ich die Karte ein, nahm mir vor noch etwas Freundliches und Verbindliches über den Charme ihrer Praxisräume zu sagen, ließ es dann aber lieber bleiben.

Ihr Blick, in dem eine unerklärliche Verachtung lag, so als wäre sie mit etwas durch und durch Ekelhaftem konfrontiert, bewog mich sehr schnell das Weite zu suchen. In der Kantine nebenan ließ ich mir einen Fisch mit kleinen Kartoffeln geben. Das freundliche Zwinkern des Koches, der mich schon seit längerem mochte, half mir ein wenig über das soeben Erlebte hinweg. Und es hielt an.

Die Räume, der Schrank mit den offenen Türen, der so viel Weisheit in sich barg, die warmen Farben und all das Liebevolle in ihnen blieb mir seither vor Augen. Trotz des also eher unerfreulichen Ausgangs sind sie es, die Räume, an die ich jedes Mal denke, wenn ich nun an ihrem Haus vorbeikomme. Es mag merkwürdig klingen, doch vermochten sie mich mehr zu trösten als jeder Mensch in ihnen das wohl jemals gekonnt hätte.

DIE ÄRZTIN

Da die Stadt, in der ich wohnte, bei weitem nicht über die anständige Größe einer Stadt wie Hamburg oder Berlin verfügte, blieb es nicht aus, dass mir eben diese Ärztin, nur wenige Wochen später, nochmals begegnete. An ihrem langen, selbstgenähten Gewand, es sollte wohl eine Art badischer Tracht nachstellen und dem arroganten Gesichtsausdruck hinter streng zurückgesteckten Haar, hätte ich sie unter Hunderten erkennen können. Merkwürdigerweise schien sie hier, so ganz ohne ihre schützende Praxis und mitten im Menschengewimmel, seltsam verloren. Mindestens so verloren wie ich selbst, wobei ihr weder Gewand noch aufgesetzter Gleichmut etwas zu nützen schienen. Ich folgte ihr geschickt, einer inneren Stimme folgend, im schier unüberschaubaren Menschengewirr, um sie zu beobachten. Sie tastete sich an den Wänden entlang, als bedürfe sie des Schutzes der Mauern, des Halts der Häuser. Ich blieb immer nur wenige Meter hinter ihr. Selbstverständlich fühlte sie sich nicht verfolgt; das konnte nicht sein. Immerhin war sie Therapeutin, und als solche tat sie die Geschichten derer, die sich verfolgt fühlten, vermutlich leichthin mit all ihren erlernten psychologischen Theorien ab. Als könnte ein Hypochonder nicht wirklich krank, ein Paranoider nicht wirklich verfolgt werden. Arroganz war das, wie ich fand. Arroganz und nichts weiter. Ich hatte sie nun bereits heimlich etwa 150 Meter lang verfolgt und beobachtete wie sie nun in ein kleines Ladengeschäft trat. In, meiner Ansicht nach, angemessener Entfernung, etwa mit fünf Metern Abstand, wartete ich und observierte sie weiter. Goldankauf. Versetzte die Frau Doktor nun den Familienschmuck? Ich verstand das nicht.

Sie hatte doch eine gutbesuchte Praxis.

So gut besucht, dass sie es sich sogar leisten konnte Patienten wie mich abzuweisen und von oben herab zu behandeln.

Nach genau acht Minuten und wenigen Sekunden verließ sie den Laden wieder und ging, ohne sich umzusehen, weiter an den grauen Hauswänden entlang. Ich konnte nicht umhin zu bemerken, dass mein Herz klopfte. Es würde spannend werden herauszufinden, was sie mit dem Geld, welches sie nun anstatt dreier Ringe und einer Halskette in ihrer Tasche trug, anstellen würde. Wilde Phantasien bemächtigten sich meiner, so dass ich mich konzentrieren musste um sie nicht aus den Augen zu verlieren. Allerdings führte sie mich in keinen weiteren Laden, in keine Spirituosenhandlung, keinen Drogen-Umschlagplatz, zu keinem jungen Geliebten, in kein halbseidenes Wettbüro.

Ganz unspektakulär folgte ich ihr wieder zurück zu dem Haus, in dem ihre Praxis lag. Ich wartete draußen und erkannte in der Frau, welche kurz nach der Ärztin die Praxis betrat, die gleiche Patientin von damals.

Sie trug eine Mappe unter dem Arm, vergleichbar mit Musterbüchern in Einrichtungsgeschäften.

Den Rest des Tages kamen keine weitere Patientin und kein weiterer Patient hinzu. Lange überlegte ich, woran das liegen könnte Um ehrlich zu sein lag ich viele Nächte wach.

Während der folgenden Tage beobachtete ich sie erneut. Ich beobachtete das Haus und die Tür, durch die nur sie des Morgens schritt. Niemand sonst. Und da mit einem Mal verstand ich, was es war. Sie war *allein* in dieser Praxis. Den ganzen, lieben Tag. Die Praxis tröstete sie über all das hinweg, was sie sich selbst und den Menschen nicht mehr geben konnte.

BILDUNGSLÜCKE

„Ich habe kein Abitur!", schrie er und schlug den alten Küchenschrank zusammen. „Kein Abitur!" und hängte sein Mountainbike an einem großen Haken an der Decke auf, so dass es verloren wie der Leichnam eines Erhängten dort baumelte. „Kein Abitur". Er reihte seine Autos hintereinander auf wie einen glänzenden Wall, der ihn schützen sollte. Doch selbst der Porsche scheiterte grandios. „Kein Abitur!" Er stellte die Mülltonnen um, die sich sobald wie Zeugen seines Scheiterns vor ihm reihten, wie ein anklagendes Kollegium. Sie würden ihn erneut durchfallen lassen. Erneut. „Kein Abitur!", zeterte er und fällte die Bäume im Garten, auf dass alle Vögel entsetzt entwichen. Da legte ich ihm schließlich Bücher hin und bot meine Hilfe an. Ein Arzt verschrieb Pillen. So konnte es nicht weitergehen! „Kein Abitur", brüllte er und übergoss die Bücher mit dem Benzin des Rasenmähers. Der Nachbar musste mit der Sense kommen. Doch meinen Büchern war nicht mehr zu helfen. Es waren keine Manuskripte. In der Nacht brannten sie lichterloh.

ABGEHOLT

Einmal im Leben hatte ich einen Feind, namens Koch. Ich hatte ihn mir zugezogen wie einen hartnäckigen Schnupfen im Sommer, also unvorbereitet und ohne Absicht. Sollte man jedoch im Herbst einen Schnupfen bekommen, so könnte dem bereits eine gewisse Absicht anhaften. Ein Schnupfen im Herbst könnte einen beispielsweise von der unerfreulichen Notwendigkeit entbinden an einem nasskalten Novembermorgen überhaupt aus dem warmen Haus zu gehen. Doch einen Schnupfen im Sommer? Ich bitte Sie!

Darauf legt es wohl nun niemand an. Dieser Feind, auch wenn die Einleitung der Geschichte enorm bemüht darum war einen nicht allzu besorgten Ton aufkommen zu lassen, machte wirklich alles, um mir das Leben zu verleiden. Ich glaube sogar, dass ihm wirklich etwas daran lag mich in den Suizid zu treiben. Woher Kochs Hass kam war mir unbegreiflich, und ist es noch immer. Oft wütete er so, als bräuchte er einen Arzt der Nervenheilkunde, welcher ihn mit sehr gezielten Gesprächen, Blutegeln, Beruhigungsspritzen und vorübergehender Fixierung aus seiner Tobsucht hätte befreien können. Niemals zuvor und niemals danach habe ich einen Menschen so toben, geifern und keifen gesehen.

Niemals einen so tragisch irrationalen, unbegründeten und tödlichen Hass erlebt. Beim Schreien spuckte er mal leicht, mal heftig, so dass man zur eigenen Sicherheit immer angestrengt auf einen gewissen Abstand achten musste. Seiner Herrschaft gegenüber gab er sich anders. Er hatte in all seinem Diensteifer und seiner offen getragenen Unterwürfigkeit etwas beklemmend Altmodisches an sich, so als entstammte er einem anderen, vielleicht aus dem unglücklichen, unserem gerade vorangegangenen Jahrhundert. Er hätte vermutlich so ziemlich alles sein können: Kutscher, Metzger, Kuli, Chauffeur, Gärtner, Lageraufseher. Vielleicht auch Bäckermeister oder Maurer. Viele Seiten hatte er, dieser Koch. Wenn er es nur wollte, dann konnte er ziemlich freundlich tun. Doch neigte seine stete Unterwürfigkeit dazu gelegentlich gefährlich nach oben zu brodeln und sich in ihr Gegenteil zu verkehren. Niemand schien sich indes sehr an Kochs gelegentlichen, doch dafür besonders heftigen Ausbrüchen zu stören, was mich wunderte. Vielleicht tendieren die Menschen dazu Dinge, die ernst sind, nicht erst nehmen zu wollen. Einmal schrie er, ich sei geisteskrank, dann wieder, ich sei behindert.

Unwertes Leben, in seinen Augen.

Ein drittes Mal forderte er, man solle mich abholen lassen. Mich *abholen* lassen. Lange dachte ich darüber nach, warum ausgerechnet ein Mann, der Koch heißt, mich abholen lassen wollte. Er wohnte im Buchenweg, der wiederum, wie ich gehört habe, am Wald lag. Wie seine arme Frau hieß wollte ich gar nicht erst wissen.

Zumal es nicht sie war, auf die er hörte. Sie litt an Depressionen und war die meiste Zeit im Ausland. Eine andere, mit einem I im Namen, gab ihm längst vor was im Einzelnen denn zu tun war. Sie war der weibliche Teil seiner Herrschaft. Koch tat was sie wollte und die Herrschaft deckte ihn.
Koch tat alles, was andere wollten, besonders aber tat

er, was sie wollte. Manchmal zeigte sie sich fast nackt vor ihm. Was sich ähnlich ist sucht einander. Dann drehte er so richtig auf. So richtig. Man möchte es nicht gesehen haben. Wirklich nicht. Ich habe es allerdings vorsichtshalber ohnehin noch niemandem verraten. Abholen lassen will er mich dennoch.

Die Welt dreht sich im Kreis, und wir alle trugen und tragen die Wiederholung in uns selbst. Ein Schnupfen jedoch war er nicht. Das habe ich nur geschrieben, damit Sie sich nicht allzu sehr sorgen müssen.

Allerdings war das ein Fehler, den ich hiermit wieder gut machen möchte.

Seien Sie auf der Hut!

Die Frau, die ihm alles befiehlt nämlich, hat noch viel vor im Leben.

VON GÖTTERN

Da ich Bildhauerin bin, habe ich einen anderen Blick auf die Welt. Schönheit ist ein zerbrechliches Ding, im wahrsten Sinn des Wortes zerbrechlich. Besonders gilt das bei dünnen Elementen des Gesamtkunstwerkes. Was an Schwanenhälsen in der Natur durchaus ein wunderbarer Anblick ist, kann für einen Bildhauer zum Problem werden - vor allem dann, wenn er jung genug ist, um es ihm noch an Übung fehlen zu lassen. Mir ging es ähnlich. Doch war es nicht der einzige Grund warum mir die in sich gefestigte Form, die uralte Form am besten gefällt.

Eine Form, die nicht austauschbar ist, die die Jahrhunderte mit einer ungerührten Kraft zu überstehen vermag. Das ist mein Wunderwerk der Kunst. Ich gebe zu, dass es weitaus bedeutendere Künstler als mich gibt, um ehrlich zu sein- es müssen wohl sehr zahlreiche sein.

Und einigen wird es vermutlich gar kein Problem bereiten aus dünnen Schwanenhälsen, aus filigranen Formen gemeinhin etwas für die Ewigkeit zu erschaffen, wenngleich auch einige Hilfe erhalten von den ganz spezifischen Materialeigenschaften jener Materialien, die sie zu verwenden pflegen.

Meine Materialien sind in sich weich, daher kann ich mich auf einen solchen Effekt nicht verlassen. Am liebsten, auch das sage ich gleich zu Beginn, forme ich Frauenkörper aus sehr dunklem, damit warmem und besonders glattem Material.

Meine Frauen sind dunkel. Weich und zart ist das, was ihre Haut wäre - so sie denn echt wären.
Nichts Eckiges gibt es an ihnen, nichts Kantiges.
Die Armlinie verläuft ohne Unterbrechung zu ihren Händen. In ihrer Art, ihrer Körperhaltung erscheinen

sie ganz jungen Kinder nah zu sein, jenen die noch in sich wohnen, noch nicht durchbrochen vom Heranwachsenden, von dem das Funktionelle betonende. Man könnte zwar dagegenhalten, dass ein Kind, gar ein Säugling selbst an Zerbrechlichkeit wohl nicht zu überbieten sei, egal wie funktionell betont oder nicht betont.

Und deswegen, ich glaube auch deswegen, mache ich meine Frauen genau auf die Art und Weise wie ich sie nun eben mache. Von einer Sichtweise aus trifft das nämlich zu, von einer anderen wiederum nicht. Im Gegenteil.

Aber das erläutern zu wollen hieße wohl allzu sehr abzuschweifen. Jedenfalls: Meine Frauen haben keine Brechungen, keine Engpässe. Armlinien gehen in die Hände über, die klein sind und weich. Beinlinien münden ungeschmälert in die Füße. Kleine, weiche dunkle Füße mit göttlich gerundeten Zehen. Alles an ihnen ist göttlich gerundet. Die Hälse sind weder zu lang noch zu kurz, eben gerade so, dass er vom Kopf in einer weichen Linie abfällt wie eine ruhige, in sich getragene Symphonie – selbstverständlich und ganz gelassen auf die gerundeten Schultern hinweisend, sich am ganzen Körper in dieser Weise fortsetzend.

Sie sind nicht sehr groß, würden sie ins Leben hinaustreten, so wären sie dennoch nicht zu übersehen.

Ich bin von ihrer Haut besessen, von der nichts ablenkt – keine harten, grausamen Knochen, keine Adern, eine Künstlichkeit, ich gebe es zu. Doch darin liegt ja eben auch meine Freiheit.

Ihre kleinen Gesichter verfügen über höher gelegene Wangenknochen, doch auch hier ist der Knochen an sich nicht sichtbar. Die Nasen sind klein, doch nicht breit.

Auch sie sind eine Entsprechung zur Kleinheit der Füße und Hände. Nicht zu klein, indes gerade richtig um mein persönliches Wunderwerk der Symmetrie zu sein. In Ausstellungen kommen sie gut an, meine Frauen.

Lange, hagere Menschen stehen vor ihnen wie Außerirdische.

Bewaffnet mit Aperol und Wortgewandtheit sind sie bereit fast jeden Preis für meine kleinen Frauen zu bezahlen.

Und wären sie lebendig, zu Menschen geworden und stünden nun neben diesen Betrachtern in ihren Anzügen und feinen Kostümchen. Sie wären ihnen nicht gut genug. Nicht dekorativ genug, nicht gut genug gekleidet und nicht ausreichend eingehüllt in einen eindeutig zuzuordnenden Guerlain oder doch, ich bitte Sie, zumindest Coco Chanel.

Ich weiß es. Ich wüsste auch wie sie röchen, wenn sie Menschen wären und wie ihre Stimmen klängen. Hell und sanft wären sie, umströmt von einem fast unmerklichen Geruch von Zedernholz, Verbene und Vanille wäre ihre Gestalt.

Die Besucher begaffen sie, bedauern das dicke Glas, welches sie von den Figuren trennt. Manche berühren gar die glatte, kühle Oberfläche dieser Trennwand.

Sehnsucht nach den warmen, dunklen Frauen.

Meine kleinen, dunklen Göttinnen würden mir das übelnehmen, wenn ich sie voneinander trennte. Sie fühlen sich nur unter ihresgleichen am wohlsten. Das ist doch meistens so.

Das Einzige, was ich also tun kann, ist, ihnen hin und wieder eine neue Gefährtin hinzuzufügen.

Ich kann ihnen nichts abschlagen.

Ich kann ihnen niemals etwas abschlagen.

So ist das eben mit Göttinnen.

Was wollen wir Menschen dagegen tun?

COHENS FRAU

Weit und breit gab es niemanden der Cohens schöner Frau auch nur annähernd hätte das Wasser reichen können. Nicht nur, dass sie nicht weniger als acht Sprachen fließend sprach, sich beruflich in der ersten Liga der Violinistinnen befand, also im wahrsten Sinn des Wortes die erste Geige spielte und dabei über eine künstlerische Ader verfügte, die über ein einziges Fachgebiet hinausreichten, was ihr erlaubte mit wenig Mühe kunstvollere Bilder anzufertigen als die meisten professionellen Photographen oder Kunstmaler.

Doch war auch dies noch nicht alles. Darüber hinaus verfügte sie über einen erfrischenden, subtilen Humor und über solch zahlreiche Kenntnisse die Welt betreffend, dass sie als eine äußerst beliebte, angenehme und begehrte Gesprächspartnerin galt.

Beinahe unnötig zu erwähnen, dass selbst dies nicht alles war. Wen die Götter lieben den beschenken sie überreich. Ihr legendär gewordener Charme und ihre Schönheit stellten alles um sie herum in den Schatten – und in Frage.

Vielleicht hätte man sie hassen müssen, besonders als Frau, doch war das mir einfach nicht möglich. Zumindest war es mir nicht möglich. Auch nicht als ich erfuhr, dass es die Frau von Cohen war.

Eine Tatsache, die er mir in den zwei Jahren unserer Beziehung verschwiegen hatte. Selbst ihn konnte ich nicht hassen – so sehr ich mich auch darum bemühte. Immerhin war ich hintergangen und anschließend mit einer Frau konfrontiert worden, der ich nicht einmal im Traum das Wasser hätte reichen können.

Ich zog mich zurück, versuchte möglichst weder an sie noch an ihn zu denken und geriet nur äußerst selten in Versuchung einen der beiden im Internet zu googlen. Die Nachrichten über Cohen blieben im Wesentlichen dieselben; zunächst auch die ihren. Sie unterschieden sich von seinen darin, dass sie stets lobend erwähnt und hervorgehoben wurde. So lobend, dass selbst ich noch das ein oder andere neu erlernte Adjektiv zu meinem Wortschatz hinzufügen konnte. Doch berechtigt durchaus! Eine Göttin war sie. Jemand, der alles mit einer Leichtigkeit über-strahlte, die bereits beinahe unheimlich war.

Doch dann die erste Nachricht, welche auf eine andere Entwicklung der Dinge hinwies. Bei einem ihrer Auftritte hatte sie mit einem Mal große Teile ihrer Partitur vergessen.

„Gedächtnisverlust" stand in der digitalen Ausgabe meiner Zeitung. Immerhin war von Häme keine Spur. Vielmehr standen Anteilnahme und Mitgefühl im Zentrum des Artikels. Kein Wunder. Der Musikkritiker selbst musste in sie verliebt sein – so wie jeder andere auch. Wer konnte es ihm ernsthaft verdenken? Und so muss das, was in den nächsten Monaten folgte, nicht nur für ihn etwas Entsetzliches gewesen sein, etwas Undenkbares, Grauenhaftes und Sinnloses. Sie verfiel. Cohens Frau verfiel. Zunächst recht un-merklich, noch beschränkt auf gelegentliche Aussetzer während des Übens oder bei Auftritten. Das Orchester lag ihr, nach wie vor, zu Füßen. Sie war immer noch so diskret, liebenswert und charmant genug, um dies nicht allzu offensichtlich werden zu lassen.

Was da über sie hereinbrach, konnte sie selbst wohl nicht greifen, erfassen, doch noch war das Orchester da wie ein warmes, verlässliches Auffangbecken.

Indes ließ es sich nicht mehr sehr lange überspielen, auch von den geübtesten Orchestern des Landes nicht mehr. Sehr rücksichtsvoll und des rechten Taktes kundig, begann man ihr daraufhin nahe zu legen (und dies mit dem Hinweis, ihre Honorarzahlungen selbstverständlich, der Kulanz geschuldet, durchaus nicht einzustellen), sich für eine gewisse Zeit beurlauben zu lassen. Sie akzeptierte dies alles mit einer beängstigenden Emotionslosigkeit, von der zwar in der Zeitung nicht berichtet wurde, von der mir aber der informierte Musikkritiker berichtete, mit dem ich mich zwischenzeitlich angefreundet hatte. Ich gebe zu, dass dies einer gewissen Berechnung meinerseits entsprungen war und ich auch heute noch nicht besonders stolz darauf bin. Doch meine Neugierde war zu diesem Zeitpunkt weitaus stärker als derlei Bedenken. Man sprach von einer Erkrankung, einer

Form des Vergessens, die, in Anbetracht ihres noch jungen Alters, äußerst selten war. Dieses Vergessen nun hatte sich auf sie gesetzt, hatte sie okkupiert. Cohen veränderte sich ebenfalls. Wie sehr sich seine Frau bisher positiv auf seine Geschicke wie auch auf sein Glück ausgewirkt, ihre Anwesenheit ihn beflügelt hatte, wurde ihm jetzt erst bewusst. Er zog sich brüskiert zurück, auch ich erhielt keine Lebenszeichen mehr von ihm, was mich zugleich betrübt und erleichtert stimmte. War ich doch selbst dazu übergegangen die Bekanntschaft mit dem patenten Musikjournalisten mehrfach durch äußerst gezielte Unhöflichkeiten aufs Spiel zu setzen, in der Hoffnung, er möge endlich genug von meinem launenhaften Verhalten haben und mir, Knall auf Fall, die Freund-schaft kündigen. Er tat es nicht, und dennoch zog auch er sich Stück für Stück zurück, machte sich rarer und schweigsamer, was mir entgegenkam, denn so versiegte meine Quelle zwar nicht abrupt, doch unausweichlich zunehmend und das zu meinem vorübergehenden Glück. Vorübergehend, denn die große Mühe, die ich dafür aufbrachte den beiden aus dem Weg zu gehen, war ganz und gar vergeblich.

An einem der frühen Herbstabende, die Dämmerung

hatte sich bereits schützend über alles gelegt, hatte ich mir, einer Laune folgend, meinen Schal gegriffen, um noch eine Runde um den See zu machen, der unserer Stadt erst den besonderen Schliff verlieh.

Es gab nichts was mich mehr beruhigen oder in einen freudigeren Zustand hätte versetzen können. Es kam so gut wie nie vor, dass man um diese Uhrzeit, besonders nicht in dieser Jahreszeit, einen anderen Menschen traf, was mir durchaus entgegenkam.

Doch heute war es anders. Bereits von weitem erkannte ich die beiden. Sie, ich kann nicht sagen warum denn zu viele Details fehlten mir, um ihr Krankheitsbild medizinisch einigermaßen präzise um-reißen zu können, saß in einem Rollstuhl. Cohen schob sie vor sich her und, auch wenn ich noch recht weit entfernt war und nur vereinzelte Laternen, die im Park um den See leichte Lichtquellen boten, konnte ich erkennen, dass seine Hand ihre Wange streichelte. Wie gerne hätte ich mich versteckt, wäre hinter einen der großen Bäume getreten, um still darauf zu warten bis sie vorbeigezogen wären. Indes blieb ich stehen, angewurzelt wie ein Reh, auf das die Scheinwerfer eines Autos gerichtet waren. Es war mir nicht möglich mich vom Fleck zu bewegen, und so kamen sie auf mich zu, eine Einheit bildend, die mir, zu meiner Überraschung, größere innere Qualen verursachte als ich vermutet hätte. Heftig zog ich die herbstliche Luft in meine Lungen, die mit einem Mal brannten und schmerzten. Sie kamen direkt vor mir zum Stehen. Ich blickte sie an, denn ihr Blick, so glaubte ich zumindest, würde mich weniger treffen als der Seine. Doch erneut hatte ich mich geirrt. Ihr Blick war nicht mehr der Blick, den ich, den die Allgemeinheit aus den Medien und von ihren zahlreichen Konzerten kannte. Aus dem Blick, der eine Tiefe und Schärfe zugleich in sich getragen hatte, war ein Blick geworden, den man bei noch jungen Kindern, kaum dem Säuglingsalter entwachsen, finden konnte. Arglos, ganz weich und freundlich blickte sie mich an. Ihre zarten, langen weißen Hände lagen ihr im Schoß. Offenbar wusste sie nicht wer ich, und auch nicht mehr wer sie selbst gewesen war. Nichts von ihrem früheren Ich war mehr zu erkennen. Verloren all die Sprachen, ihre Kunst, verloren die Schönheit ihres klugen Gesichts, ihr Charme. All dies war nun etwas gewichen, was bei den meisten Menschen, die sie oberflächlich be- trachtet hätten, wohl Mitleid ausgelöst hätte. Doch erkannte ich sie: Die verbundene Nähe, die unzer-

trennliche Gemeinschaft, die Cohen und seine Frau nun bildeten. Er wich meinem Blick nicht bewusst aus. Nein, er suchte ihn noch nicht einmal. Etwas sehr viel Wichtigeres gab es nun in seinem Leben. Erneut strich er ihr über die Wange, ein kurzes Lächeln breitete sich auf beiden Gesichtern zugleich aus. Und ich erkannte, dass sie glücklich war. Sie beide waren glücklich. Ich konnte nicht sprechen. Nichts erschien mir passend, nichts außer einfach nur weiterzugehen.
Weiterzugehen und zu schweigen.

ANNA

Mein Lieblingsplatz ist von jeher die Treppe vor dem Haus. Besonders wenn es warm ist, spielt sich mein Leben beinahe ausschließlich auf dieser Treppe ab.
Und eben auf dieser Treppe saß ich auch, als ich Anna kennenlernte.
Sie musste wieder einmal von der Schule gekommen sein. Doch anstatt direkt zu sich nachhause zu gehen, wählte sie – wie immer in letzter Zeit – den Weg durch meinen Garten über den Pfad aus Kieselsteinen an meiner Treppe vorbei bis hin zu dem Briefkasten und wieder zurück. Bei offenem Fenster hatte ich sie schon des Öfteren gesehen oder gehört, wenn das

leise Knirschen der Kieselsteine ihr Kommen ange-
kündigt hatte.

Ich hatte sie nie gefragt, warum sie nach der Schule
durch meinen Garten lief. Auch nicht, warum sie dann
zu meiner Treppe bog, als wäre sie hier zuhause, nur
um dann wieder kehrt zu machen und ihren Weg
fortzusetzen.

Die Frage schien mir überflüssig zu sein, denn allzu
offensichtlich erschien mir ihr Wunsch, in eben
diesem Haus zuhause zu sein, durch diesen Garten
und über diese Treppe nachhause zu kommen.

Vom Sehen kannte ich sie seit sie laufen konnte und
ihre ersten Schritte an mir vorbei gemacht hatte.
Doch meine erste wirkliche Begegnung mit ihr hatte
ich am wohl ersten warmen Frühlingstag eines der
vergangenen Jahre, als ich mit einem Buch auf der
Treppe saß, während sie ihrem täglichen Ritual
nachging. Ohne besondere Regung nahm sie meine
Anwesenheit zur Kenntnis, drehte sich wie gewöhnlich
direkt vor meinem Briefkasten um und entfernte sich
wieder. Ich sah ihr nach. Nach kurzer Zeit schon war
sie, wie jeden Tag, um die sich länglich hinziehende
Kurve verschwunden, die sie zu ihrer Familie führte.
Am nächsten Tag war sie zu meiner Überraschung

schon da, während ich mich gerade daran machte mich hinauszusetzen. Sie saß, ganz entgegen ihres sonstigen Rituals, auf der Treppe und sah mich an. Ich lächelte ein wenig, doch getraute ich mich nicht zu sprechen.

Etwas sagte mir, dass ich sie auch mit noch so gut gewählten Worten vertreiben würde. So saßen wir nebeneinander in der Sonne. Ich las in meinem Buch, und sah hinter der Sicherheit meiner Sonnenbrille immer mal wieder vorsichtig zu ihr hinüber. An ihrer Art dazusitzen bemerkte ich, dass dort keine Bittstellerin saß. Sie war trotz ihrer Scheu niemand, der um Einlass bat - vielmehr war sie jemand, der diesen Einlass fordert- ja- ihn unter allen Umständen verlangte. Mit unbeeindruckter Selbstverständlichkeit blieb sie für eine Weile so neben mir sitzen bis sie schließlich wieder aufstand, und ohne den Kopf zu drehen hinter der sich nach rechts beugenden Kurve verschwand. Bereits am nächsten Tag ertappte ich mich dabei, wie ich auf sie wartete. Ich hatte keinen Zweifel daran, dass sie auch heute erscheinen würde. Das Knirschen des Kieswegs unter ihren Füßen kündigte sie schließlich an. Ein beinahe unmerkliches Aufleuchten ihrer Augen wich einer gleichgültig scheinenden ernsten Gelassenheit. Als hätte sie niemals etwas Anderes getan, setzte sie sich erneut neben mich.

„Mein Opa ist gestorben", sagte sie beiläufig genug, um eben dadurch unmissverständlich zum Ausdruck zu bringen, dass sie hierzu keinen Kommentar von mir wünschte. Ich nickte ein wenig, schob meine Sonnenbrille zurecht, und wieder schwiegen wir. Nachdem sie später, ohne sich nochmals umzublicken, in ihre Kurve entschwunden war, überlegte ich angestrengt, was ich wohl alles hätte sagen können, um den toten Großvater wenigstens eines kleinen Kommentars zu würdigen, doch trotz aller Bemühungen fiel mir nichts dazu ein. In den kommenden Tagen erfuhr ich von ihr ihren Namen und erlebte einige kurze Anflüge eines kindlichen Lächelns, welches jedoch mit einer geradezu erschütternden Regelmäßigkeit stets wieder zu erlöschen pflegte, noch bevor es zur vollständigen Entfaltung kommen konnte. Es erschien mir schon damals ein ungutes Vorzeichen dessen zu sein, dass ihre Kindheit, ihr Leben ebenfalls vor dem Zeitpunkt seiner vollständigen Entfaltung enden könnte. Ich begann mich vor dem Tag zu fürchten, an dem kein Knirschen von Kieselsteinen mehr zu hören sein würde, und ich sammelte jeden Anflug ihres kleinen Lächelns, das stets mit der Traurigkeit eines in Glas gefangenen Schmetterlings erstarb.

Nur einmal entfaltete sich ihr Lächeln ganz. Sie erzählte mir, dass ihr Großvater verbrannt wurde, und mit einer fast übermütigen Freude verkündete sie: „Jetzt glitzert er wie Diamanten." Ich nickte, als wüsste ich genau, dass es nur so sein konnte und nicht anders. Eine meiner Hoffnungen, einmal ein ganzes Lächeln von ihr zu sehen, war erfüllt worden. Eine zweite ebenfalls. Das Knirschen der Kiesel verstummte nicht – wenigstens nicht so schnell. Doch sah ich ihre Kindheit in ihren Augen so rasant schwinden, dass es mir die Luft zu nehmen schien.

Im Zeitraffer verschwand alles, was kindlich war und alles, was lächelte. Oft wirkte sie nun aufgebracht und verstört. Mich nannte sie „die vergessene Königin", und sie verlangte nach meiner Sonnenbrille, um sich an mich zu erinnern, wie sie sagte.

Ich gab sie ihr, und sie wirkte besänftigt und zufrieden. Sie berührte sogar meinen Arm und sagte mir, dass ich warm sei - aber nicht wegen der Sonne. Doch selbst dieser königliche Stand berechtigte mich nicht dazu ihr Geschichten oder Märchen erzählen zu dürfen. Er berechtigte mich nicht einmal dazu ihr Fragen zu stellen.

Sie schien aller Worte überdrüssig geworden zu sein und zog es vor einfach neben mir auf der Treppe in der Sonne zu sitzen wie ein nachdenklicher kleiner Salamander.

Nach wenigen Wochen mit ihr hätte es mich nicht einmal verwundert, hätte ich mich selbst im Spiegel als alte Frau wieder gefunden. Es schienen nicht Monate vergangen zu sein, sondern Jahre, vielleicht Jahrzehnte. Ich wusste damals nicht, dass sie krank war. Ich wusste es nicht, aber ich konnte es fühlen, doch sie danach zu fragen wäre undenkbar gewesen. Ihr gerader kleiner Rücken hatte mir das überdeutlich gesagt, der Rücken, den ich tagtäglich als einziges noch von ihr sah, bevor sie um die Kurve zog.

Und als sie schließlich nicht mehr kam, pflegte ich ihr, obgleich sie für niemandes Auge mehr sichtbar war, lange nachzusehen. Mein Wunsch ist einer jener törichten Wünsche jenseits der Realitäten und so verdreht wie das Leben. Es ist der, dass sie sich am Ende der Straße wenigstens ein einziges Mal umgedreht hätte.

3

ZAUBERWESEN

Sie schwamm stets mit ihm, vielmehr andererseits schwamm er, während sie sich auf seinem Rücken festhielt. Ich beobachtete sie an jedem der Tage, die ich in diesem Hotelpool zubrachte, denn erschienen mir beide wie aus einem Märchen oder aus einer griechischen Sage, im Grunde nicht hierhergehörend und dennoch anwesend, beinahe so, als hätten sie sich in dieser Welt verirrt und müssten den Weg erst wieder zurückfinden. Dass dieser Weg unter Wasser sein würde, daran gab es für mich keinerlei Zweifel. Ein Teil von mir wollte ihnen helfen wieder in ihr Reich zu verschwinden, und am logischsten erschien mir hierzu die manuelle Betätigung der großen Sprudeldüsen, welche aus dem sonst eher ruhigen Hotelpool eine gewaltige Meeresbrandung machten. Selbst mir fiel es zuweilen schwer diesen wuchtigen Wassermassen Stand zu halten, zumeist gelang es mir nur, da ich mich krampfhaft und beidhändig an zwei eigens hierfür konstruierten Stangen festklammerte.

Der Griechische Gott konnte sich nicht festhalten.

Wie durch ein Wunder manövrierte er sich und das glitzernde, schmale Wesen auf seinem Rücken ruhig durch das Toben des Wassers. Ich stellte mir vor, dass unweigerlich eine Art starker Unterdruck entstünde, sich hierbei ein geheimes Wasserportal öffnete, und die beiden behutsam zurück in ihre Märchen- und Sagenwelt Welt nehmen würde.

Mit etwas Glück mich gleich dazu, denn dort wollte ich hin. Nur dort, das dachte ich schon seit Längerem, gehörte ich wirklich hin. Der andere, rationalere Teil von mir begriff, dass es sich um ein Paar handelte.

Sie, klein und dünn, fast wie ein Kind, durch eine offensichtliche Muskelerkrankung um ihre Kräfte gebracht, er groß, massig und vor Vitalität geradezu strotzend. So trug er sie Tag für Tag während des Schwimmens auf seinem breiten Rücken, während sie sich festklammerte, jeden Tag mit einem anderen, immerzu gleißend- glitzernden Badeanzug und der dazu glitzernden, passenden Badehaube versehen.

Sie schienen sich vollkommen zu genügen. Es gab keinen Austausch mit den anderen Badegästen. Kein Lächeln, keine Blicke.

Es gab nur diese beiden Menschen, die für mich, Rationalität hin oder her, doch immer wieder zu einem Zauberwesen verschmolzen, zu einem Etwas, das aus den beiden so verschiedenen Menschen eine

Einheit machte. Doch die Blicke und Worte gab es ohnehin nicht zwischen den Gästen.

Jeder war für sich im Sprudelbad. Vielleicht war es deswegen, dass ich insgeheim auf sie zu warten begann und erst beruhigt war, wenn ich eine glitzernde Badehaube schon von weitem sah.

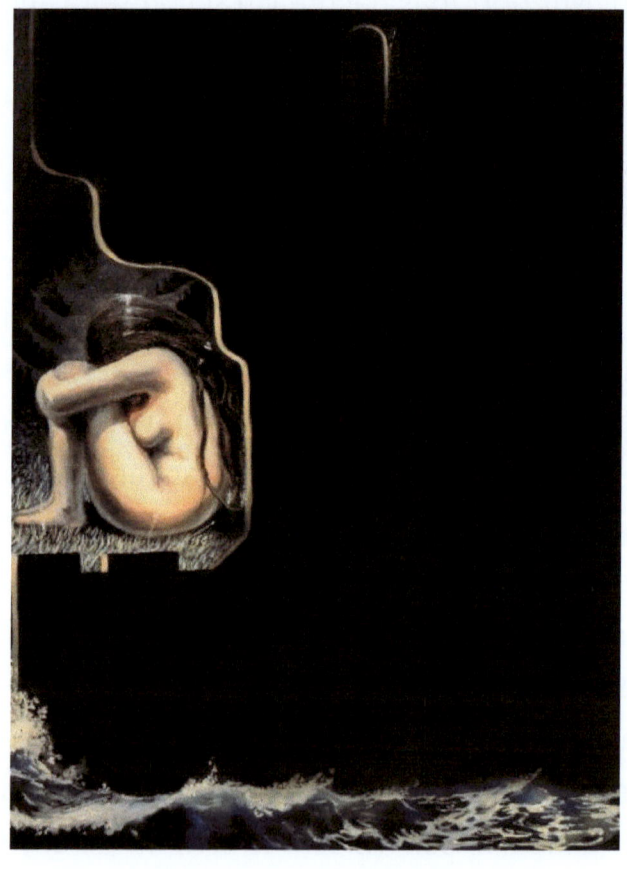

Gingen sie vor mir aus dem Wasser fühlte ich mich

geradezu unfassbar vereinsamt, beraubt. Erklären kann ich das indes natürlich nicht. Wieder einmal nicht. Ich versuchte einen Namen für das Zauber- wesen zu finden, doch es gelang mir nicht. Ein Name hätte das alles wohl viel zu sehr festgelegt, eingeengt. Wer weiß, ob sie mit einem Namen beschwert überhaupt in ihr Reich würden zurück-finden können? Ab dem Tag, an dem sie nicht mehr erschienen- ich war mir nicht sicher, ob sie einfach abgereist oder doch vielmehr gemeinsam und unser aller Augen verborgen in dem geheimen, wild rauschenden Wasserportal verschwunden waren, begann ich das Wasser zu meiden. Es hatte seinen Zauber für mich verloren. Kein einziges Mal mehr bin ich seither dort gewesen. Natürlich ist mir klar, dass dies übertrieben zu sein scheint. Doch der leere, klaffende Schmerz, der in mir wuchs, nachdem ich vergebens nach dem Glitzern der Badekappe Ausschau hielt, mag dem Leser als eine hinreichende Erklärung dienen. Ja, er wird, er muss ihn einfach verstehen. Selbst dann, wenn er sie niemals gesehen hat, diese Kappe, dieses Glitzern, dieses seltsame, ruhige und so erhabene Wesen, dem ich mich niemals getraut hatte einen echten Namen zu geben.

GLÜCKSWORTE

Für mein neues Fohlen brauchte ich Glücksworte. Fast befürchte ich, nie ein deprimierteres kleines Pferd gesehen zu haben. Seine Mutter hat die Geburt nicht überlebt. Seither bin ich pausenlos bei ihm.
Ich streichle es, wärme, füttere und striegle es. Ich gebe ihm pürierte Karotten und Kosenamen. Doch nichts hilft. Es will nicht einmal fressen. Wird mir noch zur rechten Zeit das eine Glückswort einfallen, mit dessen Hilfe mein hungriges Fohlen wieder glücklich wird? Doch was heißt *wieder*? War es denn jemals

glücklich? Immerhin: Es ist noch sehr jung und hatte möglicherweise, allein schon aus diesem Grund, noch nicht allzu viel Gelegenheit dazu. Andererseits wurde es im lichtdurchfluteten Sommer geboren.

Doch nun scheint jede Erinnerung daran, wenn es denn jemals eine gab, ausgelöscht, nicht existent.

Es wird mir also einfallen müssen, das Glückswort.

„Hilf mir doch ein bisschen!", fordere ich es auf.

Da schnaubt es nur zweimal.

Mit warmem Atem.

Seine dunkel schimmernden Augen blicken mich an als flehten sie um Hilfe.

Nein, es stand nicht gut um mein Pferdchen.

Im Sommer geboren, bekam ihm der Herbst offenbar nicht. Er bekam uns allen nicht. Ich sah es an den leblosen Mienen der Stall-Mitarbeiter, an ihren nun leicht zusammengezogenen Gesichtern und dem im Herbst fahler gewordenen Äußeren.

Ich spürte es deutlich an ihren jetzt langsameren Bewegungen und Gesten, den viel leiser gewordenen Stimmen. Ich spürte sie schwer, die Abwesenheit des Sommers und die Abwesenheit jeglicher Freude.

Dringlicher wird es nun, dass ich es bald finde, das Glückswort.

DIE AUSSTELLUNG

Da war es plötzlich, dieses Bild. Es zog mich zu sich. Martin, Dieter und Angela waren schon von Bild zu Bild bis hin zum Mittelgang vorgegangen. Angela las aus einem Katalog vor. Ich blieb stehen. Dieses eine Bild. Ich konnte nicht mehr weitergehen. Diese junge Frau auf dem Bild. Ihre Augen. Martin und Dieter diskutierten lautstark über die Pinselführung im Frühwerk des Künstlers. Recht lange war es her gewesen, dass ich mich gefühlt hatte wie jetzt da ich in diese Augen blickte. So wenig allein. Diese junge Frau auf dem Bild. Sie sah mich. Sie musste mich sehen. Und ich sah sie. Ich sah *sie*. Hinter der jungen Frau eine schmeichelnde Märchenlandschaft.

Äußere Schönheit. Verführerische Illusion. Doch sie sah zu mir. In mich. Unmöglich, mich ihrem Blick zu entziehen. Zu lange schon hatte ich dieses Gefühl nicht mehr gehabt. Das Gefühl, dass mich jemand *sieht*. Und ich konnte nicht mehr wegschauen. Nicht mehr wegschauen. Nicht mehr. Oder doch mehr? Sollte ich sie bitten, aus dem Bild zu steigen? Mit mir nach Hause zu gehen? Sollte ich das Bild einfach mitnehmen? Verstohlen blickte ich mich um. Hinter mir war unbemerkt ein gepflegter älterer Herr an das

Bild herangetreten. Selbstgefällig grinste er hinein. „Gefällt Ihnen wohl, das Bild, was?" Mit dem Zeigefinger tippte er auf die kleine Tafel rechts neben dem Bild. „Privatbesitz". „Ist mein Bild."

Ich folgte seinem Blick. Erschrak. Er *sah* sie nicht. Und da wusste ich, dass auch ich aufgehört hätte sie zu sehen, wenn ich meinem Wunsch nachgekommen wäre, sie mit mir zu nehmen. Weil das immer so ist.

So stand ich da, antwortete dem älteren Herrn nicht auf seine Frage und genoss einfach nur ihre Nähe. Wie lange ich da stand weiß ich nicht. Irgendwann kam Angela, um mich zu holen. Lass mich noch bleiben, dachte ich. Und zwang mich zu gehen. Angela sollte nicht merken, wie schwer mir das fiel.

Die Augen der jungen Frau blickten mir nach.

Ich konnte sie deutlich spüren. Und es machte mich glücklich. Wunschlos. Martin und Dieter diskutierten mittlerweile angeregt über die fehlende Perspektive in der bekannten Bildserie die der Maler unmittelbar vor seinem Tod vollendet hatte. Es gibt keine Perspektive, dachte ich. Es gibt niemals eine Perspektive. Es gibt immer nur einen Blick. Und manchmal - ganz selten- passiert es, dass einer den anderen sieht.

KINDERFREUDLOS

Da hat sie mich gestern Nacht wirklich rangekriegt. Die Frida aus der Schreibgruppe. Wie sie es geschafft hat ist mir ein Rätsel. Vielleicht hat ihr die späte Stunde dabei geholfen. Es war immerhin kurz vor Mitternacht um genau zu sein. Einträchtig und von der Kneipenluft noch eingelullt trotteten wir nach der Gruppe nebeneinander her zur Bushaltestelle. *„Wie sieht's beruflich denn bei Dir* aus?" fragt sie in die Stille hinein. Sie weiß, dass ich kurz vor Abschluss meiner Doktorarbeit stehe. Ich erzähle ihr, dass es gut läuft und dass ich mich gerade um eine Stelle als Post-doc bemühe. Vielleicht wird es sogar was mit der Junior-Professur oder noch besser:

Mit dem Wissenschaftsjournalismus. Mein karrierebesessener Doktorvater hat sich diesbezüglich unlängst recht zuversichtlich gegeben.
Ich versuche ihr mit anschwellender Begeisterung zu verdeutlichen, an welchem absolut wichtigen Gebiet ich forschen möchte, als sie mich barsch unterbricht: *„Möchtest Du nicht mal Kinder? Wie alt bist du eigentlich?"* Ich schlucke. Warum will sie das wissen? Sehe ich so aus, als sei meine biologische Uhr bald abgelaufen? Rein rechnerisch bleiben mir noch

mindestens zwölf Jahre. Ungefähr. Mit einer qualitativ hochwertigen Hormonbehandlung sicherlich noch vierzehn.

Vielleicht hätte ich nachts doch weniger über meiner Arbeit brüten sollen. Vermutlich habe ich Augenränder wie Derrick. Kein Wunder dass sie denkt, ich sei bereits knapp vor den Wechseljahren. *„Ähh. Eigentlich will ich gar keine Kinder"* erkläre ich beschwichtigend, doch sie will wissen, warum nicht.

Meine Ausführungen über die Schlechtigkeit der Welt, sexuellen Missbrauch, Terrorismus, Seuchen, Kindermord, den bereits bestimmt bevorstehenden Dritten Weltkrieg und ökologische Katastrophen unvorstellbaren Ausmaßes akzeptiert sie keineswegs.

„Sag mal, lebst du denn eigentlich überhaupt gern? Gehst du denn überhaupt Risiken ein?" Sie wirkt ungehalten. Ich beginne zu schwitzen. Für mich selbst oder andere? Was meint sie genau?

Da ich viel von Frida halte, liege mir daran, sie wirklich über meine Hintergründe aufzuklären. Auch wenn sie sonderbar klingen. Immerhin ist es ja nicht so, dass ich Kinderfeindin wäre. Au contraire! Aber wie soll ich ihr erklären, dass ich gerade Schopenhauer lese und beinahe jeden Satz von ihm unterstreiche und mit Füller *„genau!"* an den Rand schreibe?

Als geistige Schwester Schopenhauers wäre es doch mehr als schizophren sich schwängern zu lassen. Immerhin wäre das auch dem Fötus gegenüber unfair. Akim fällt mir ein. Akim der sich Kinder angeschafft hat, weil sonst niemand mit ihm zu tun haben wollte. Die Kinder haben ja keine Wahl. Besonders nicht die von Akim. *„Na ja"* beginne ich etwas zögernd. Sie unterbricht mich. *„Meine Kinder sind das tollste, was ich im Leben fertiggebracht* habe!". Ich weiß nicht recht, ob ich gratulieren oder kondolieren soll. Letzteres halte ich dann doch für zu unhöflich.

Vermutlich war es ja auch im übertragenen Sinn gemeint. Irgendwie idealistisch wahrscheinlich. Außerdem könnte es tendenziell missgünstig wirken. Ich beginne zu stammeln, erzähle ihr, dass ich für Kinder nicht begabt sei, da mich laute Geräusche und schnelle Bewegungen übermäßig ermüden. Sie starrt mich an als befände ich mich bereits jenseits von Gut und Böse. Aber plötzlich glaube ich so etwas wie Verständnis in ihrem Blick zu erhaschen. Spontan beschließe ich, ihr doch die Tiefenstrukturen meiner Psyche offen zu legen. Ich schätze Frida. Wenn es

jemand verstehen könnte, dann sie. Also erzähle ich ihr, dass mich nach einer Stunde Babysitten regelmäßig das Gefühl von Sinnlosigkeit und innerer Leere beschleicht, wenn meine kleinen Schützlinge mich mit so hoffnungsvoll blanken Augen ansehen und ich ahne, dass auch dieser Glanz, der eigentlich für uns leuchtet, irgendwann verlöschen wird. Dass ich jedes Mal ein Gefühl ekstatischer Erleichterung verspüre, wenn sich das Glimmen noch einen Tag länger gehalten hat. Eine dumme Freude, die am Ende immer jäh abstürzt. Aber das Herz geht mir auf wenn sie mit verklebten Mündern und dicken, warmen kleinen Händchen tollpatschig auf mich zugewatschelt kommen und mich freundlich angrinsen. Wenn sie mir für kurze Zeit die Illusion vermitteln, dass im Grunde alles in Ordnung sei. Dass irgendwie schon alles gut werden wird. Dass es jemanden auf dieser absurden Welt gibt der einen braucht und liebt. Jemand der an einen denkt, wenn man schon lange tot ist.
Jemand an dem man sich wärmen kann wie an einem Schaf.

Kein Wunder, dass dieses Gefühl süchtig macht und dass all die Menschen all die anderen mit Kindern verbundenen Mühen tapfer auf sich nehmen.

Und auch die Kinder werden das Gleiche tun, sobald sie groß und bange geworden sind.

Es ist wohl der eigentliche Grund, warum man Kinder bekommt. Da bin ich mir recht sicher. Irgendwie verständlich. Ganz klar.

Aber ich kann Schopenhauer einfach nicht untreu werden. Das wäre Verrat an mir selbst und an den Kindern. Ich bringe es nicht übers Herz. Mit dem entschlossenen Gesichtsausdruck einer Revolutionärin bleibt mir nur zu konstatieren: *„I claim the right to be unhappy."* Zitat aus Huxleys *„Brave New World"*. Wie passend! Unhappy. Kinderfreudlos aber mit reinem Gewissen im schopenhauerschen Sinne. Frida ist nicht beeindruckt. *„Glaubst du, dass du die einzige bist die Probleme hat?"* Nein! Natürlich glaube ich das nicht. Wie kommt sie darauf? Das muss so eine neue Art provokativer Gesprächsführung mit guter Intension aber ungewissem Ausgang sein. Ich knicke ein und gestehe. Manchmal werde ich vielleicht ein klein wenig trauriger als die anderen, weil ich ahne, dass ich niemals den silbernen Mutterorden werde in den Händen halten dürfen. Mein Alter wird von Trostlosigkeit und Isolation geprägt sein. Keine Kinder und Enkel, die mich an Sonntagen im Altersheim besuchen. Einsame Weihnachten mit gelangweiltem und zunehmend verbittertem Pflegepersonal.

Niemand, der an meinen Geburtstag denken wird. Niemand, der dereinst weiße Rosen auf mein Grab pflanzen wird. Ich weiß, ich weiß. Aber wie soll ich Frida erklären, dass ich all ihre Argumente durchdacht, all ihre Vorwürfe mir selbst schon mehr als einmal gemacht habe. Und trotzdem. Trotzdem. Ich stammle gegen die Zeit an. Ihr Bus wird gleich kommen. Ich spüre selbst, dass ich unsinnige Sätze von mir gebe. Abgehackt. Unzusammenhängend. Paralysiert. Was hat sie mit mir gemacht? Ich kann nicht aufhören, selbst wenn ich mich zum Narren mache. Aber es ist wichtig. Sie soll mich doch verstehen, *mich*, nicht sich, nicht die anderen. *Mich.* Ich rede und rede. Da kommt ihr Bus. Der 5-er. Ich rede weiter. Frida steigt ein, ruft noch: *„Meine Kinder kommen selbst heute noch in mein Bett wenn es ihnen schlecht geht."* Fast alle steigen ein. Drängen sich warm zusammen. Ich bleibe übrig. Mein Bus kommt erst in zehn Minuten. Hier stehe ich also. Allein. Hoffnungslos. Eine familienpolitische Blindgängerin.

Für die Gesellschaft bin ich wahrscheinlich kein großer Gewinn mit dieser Einstellung. Andererseits, wenn ich an meinem unheimlich wichtigen Projekt mit nicht zu verleugnender Relevanz weiterforschen könnte...

Die Bushaltestelle riecht nach altem Urin. Ein alter Mann mit abenteuerlich verfilztem Haar erbricht sich vehement hinter die Litfaßsäule. *„Na, ab ins Heia!"* lallt er, als er mich sieht. Nett von ihm. Irgendwie persönlich. Mein Bus kommt.
Ich steige ein. Der alte Mann mit fatal verfilztem Haar winkt mir nach und prostet dem Fahrer höflich mit einer Flasche zu. Und ich denke: Diese Frida hat mich heute ganz schön rangekriegt.

KEINE LUST

Ich bin Psychologin. Mein Name ist Snjezàna.
Übersetzt heißt das Schneewittchen. Zum Glück weiß das hier in Deutschland kaum jemand. Das hätte mir gerade noch gefehlt.
Meinen Namen mag ich nicht. Ebenso wenig wie meinen Beruf.

Eigentlich wollte ich einmal Filmemacherin werden. Drehbuchautorin. So etwas mit Glamour und Happy End inszenieren. Aber jetzt ist das Hässliche mein Alltag. Das Traurige. Das Verzweifelte. Das Verzagte.

Nach meinem ersten Termin am Morgen, es ist Frau M. wie jeden Tag seit einem Jahr, muss ich erst einmal eine Stunde Pause machen.

Frau M. macht mich fertig. Ehrlich. Seit einem Jahr will sie sich umbringen, weil ihr Mann sie verlassen hat. Das Übliche. Dabei könnte sie doch froh sein den triebgesteuerten Versager los zu sein. Ich würde sie gerne schütteln und ihr eine zimmern aber als Psychologin wäre das nicht wirklich professionell.

Vielleicht ist das aber nur eine Ausrede für meine Aggressions-Hemmung. Auch privat bin ich immer so höflich und freundlich. Nach Feierabend höre ich mir die Probleme meiner Freundinnen zum Nulltarif an. Ob das was mit meinem Vorbild Schopenhauer zu tun hat? Oder mit mangelnder Selbstbehauptung?

Vermutlich mit beidem. Die Überwindung des Willens eben. Und deshalb geht es nie um mich.

Das ist tragisch. Selbst für die streunenden Katzen aus der Nachbarschaft – mittlerweile immerhin sechs oder sieben - bin ich nur die Dosenöffnerin.

Letztlich ging es mir so schlecht, dass ich selbst schon zu einer Kollegin in Therapie wollte. Oder gleich in die Klapse. Ich weiß nicht, ob was der Auslöser war. Aber am nächsten Morgen sagte ich zu Frau M., sie solle mich mit ihrem gottverdammten Leben in Ruhe lassen und mir den persönlichen Gefallen erweisen, sich jetzt sofort und auf der Stelle umzubringen. Ich bot ihr immerhin an, sie bis zur Rheinbrücke zu begleiten um dann von der Seestraße aus ihrem Freitod bei- zuwohnen. Um das Ganze nicht so anonym zu ge- stalten. *„Ich habe nämlich"*, so erklärte ich meinen plötzlichen Sinneswandel was die Erhaltung ihres Lebens betraf, *„einfach keine Lust mehr"*.

Frau M. griff meinen Vorschlag auf. Zunächst noch scheu, etwas ambivalent auch, aber dann zunehmend sicherer trabten wir nebeneinander her gen Rhein- brücke. Oben angekommen gab ich ihr die Hand und wünschte ihr für den winzigen aber durchaus noch wichtigen Rest ihres Lebens alles Gute.

Sie nickte dankbar und erwiderte meine positiven Wünsche. Seit langem war sie mir nicht mehr so sympathisch gewesen.

Ich stieg die Treppen herab, setzte mich auf die erste Bank auf der Seestraße und zündete mir eine Gauloise an. Liberté toujours. Frau M. kam nicht richtig in die Hufe. Sie zauderte und sträubte sich. Rang mit sich.

Derweilen überlegte ich mir, wie sich das am besten filmen ließe und testete im Geiste die raffiniertesten

Kameraeinstellungen aus. Dann überlegte ich mir eine passende Filmmusik. Ich konnte mich nicht zwischen dem *Weißen Hai*, *Psycho* oder *Vom Winde Verweht* entscheiden. War ja auch keine leichte Wahl!

Frau M. lungerte immer noch auf der Rheinbrücke rum. Aufmunternd winkte ich sie symbolisch mit der Hand herunter um ihr den Absprung zu erleichtern. Doch das nützte nicht wirklich etwas. Im Gegenteil.

Zwar kam sie daraufhin runter, aber nicht so wie ich mir das vorgestellt hatte.

Vielmehr benutzte sie die Treppen. Unten angelangt meinte sie lahm, *„Ach, ich hatte plötzlich keine Lust mehr"*. Ich gab mich verständnisvoll und bot ihr eine von meinen Gauloises an.

„Keine Lust, was?" Ich grinste. Sie grinste zurück.

So ganz wohl war mir bei der Sache aber nicht. Lange noch saßen wir auf dieser Bank am See, rauchten und schwiegen.

Die Anschlusstermine interessierten mich mit einem Mal nicht mehr.

Ob das ein gutes Zeichen war?

Vermutlich nicht.

Vorsichtshalber also habe ich meine Praxis noch am gleichen Tag endgültig geschlossen.

HORPHORIE

Nach der späten Geburt seiner Tochter, beschossen von einem ganzen Heer euphorisierender Hormone, ließ sich Aaron W. zu der Aussage hinreißen, dass niemand die Welt verstünde, der nicht ein Kind geboren - oder in seinem Fall- mitgeboren habe, was wohl den Zeugungsvorgang hatte beschreiben sollen. Dennoch, so räumte er ein, hätte ihn das weder erleuchtet noch transformiert. Ich sagte nichts dazu. Hätte man es mir doch grundsätzlich als Neid oder etwas Vergleichbares auslegen können.

Meine tatsächliche Ansicht, nämlich, dass man erst durch den Verlust eventuell transformiert oder gar erleuchtet werden könne, so dass nicht der, der ein Kind gezeugt oder geboren, sondern vielmehr der, der ein Kind verloren habe dies erreichen könne, hielt ich in Anbetracht seiner übersprudelnden Freude unnötig zu erwähnen. Auch war es ja kein Wettkampf, das schon gar nicht. Und zu erklären mehr als kompliziert. „Oh, wie das doch alles, was bisher war, in den Schatten stellt!", jubelte er, und meine ersten Erfahrungen mit Morphinen kamen mir unweigerlich in den Sinn. „Wie schön und groß diese Welt plötzlich ist!"

Ja, das hatte sich mir damals ebenso erschlossen- inmitten des ultimativen Glücksgefühl der allerersten Heroinschüsse. Der frisch gebackene Vater, er kommt mir vor wie auf Heroin.

Offenbar war eine geradezu ungesunde Menge der Glückshormone in ihn gepumpt worden- unmoralisch viel, da sie sein Urteilsvermögen trübten. Die Welt ist schön?
Vor lauter Windeln wickeln kommt er vermutlich nicht mehr dazu sich die Nachrichten anzusehen. Während er die winzigen, duftenden Füßchen und Händchen seines Nachwuchses befühlt, beriecht, beküsst und bewundert, verrecken sie elend, die unbenannten Anderen. Die, deren Füßchen nicht so weiß und rosig sind. Dunkel und rauh die Hand, von zahllosen Fliegen im Sterben belästigt und geplagt. Ein Wunder? Ein Wunder des Lebens - wohl kaum.
Auf den Müllbergen unseres Wohlstandes liegen die kleinen oder auch großen verdorrten Kadaver mit mächtig aufgetriebenen, wehen Bäuchen, während hierorts zu allerlei Geburtstagen Zauberer und Clowns gebucht werden, um den unfassbar wertvollen Nach- wuchs angemessen zu unterhalten. Wie schön, wie groß ist die Welt!

Größer als wir je begreifen werden! - und zugleich schrecklicher, grausamer und unbarmherziger als wir uns jemals träumen ließen, möchte ich ergänzen.

Ich tue es nicht. Wer bin ich, dass ich das dürfte?

Ich lasse ihn also gemächlich in der sämigen Glückssuppe seiner Hormone herumdümpeln und gehe sogar so weit ihm zu wünschen, dass dieser Zustand lange anhalten möge.

Diesen unschlagbaren Zustand zwischen Wachen und Traum. Man sollte ihn sich erhalten.

Das Aufwachen nämlich wird furchtbar werden.

ZUCKERWATTE

Zuckerwatte auf den Hütten,

Schweres, gold´nes Dachgebälk,

Tannen, die im Stehen frieren,

Kerzen, die sich noch genieren

Ihren Schein auch dem zu spenden,

Der mit verklebten Zuckerhänden

Greift nach dem, was alt und welk.

Wolken, die die Watte schütten

Auf Herbst und Tod und Dachgebälk.

All dein Gold kann Dich nicht retten

Zu klein geworden sind die Betten,

Die der Sommer legte aus.

Dunkle Himmel, harsche Winde!

Esst den Zucker recht geschwinde,

Denn der Hunger, er wird kommen.

Alles wird dann dem genommen,

Der jetzt noch schnell und arg geschluckt.

Vom Leben selbst bald ausgespuckt-

Und auch dem, der sich´s verwehrte,

Der das Glück nach innen kehrte,

Wird genommen von dem Beben,

Das beendet alles Leben.

Esst nochmal, bestaunt das Gold,

Zündet Kerzen, seid Euch hold!

Schon ist da die and´re Welt,

Die Euch-wie die Tannen- fällt.

Zuckerwatte auf den Hütten,

An den Händen und im Mund,

Durch den Hals und in den Magen,

Esst schon, Zucker ist gesund!

Hebt uns fort von diesen Lasten,

Von des Lebens drohend Ende.

Greift sie Euch, die süße Watte!

Nehmt hierfür auch *beide* Hände!

DIE PIANISTIN -RELOADED

Im Zug lese ich gern. Die Strecke ist ruhig und zu Beginn dunkel. Das ist so wegen der zahlreichen Tunnel. Doch meistens behalte ich meine Sonnenbrille trotzdem auf, weil mich niemand beobachten soll beim Lesen.

Beim Einsteigen stört die Brille manchmal. Es kann sein, dass ich den Schaffner nicht sehe oder einen Fahrradfahrer, der aussteigen will, um mit seinem Rennrad an den Bodensee weiterzufahren.

Ein Afrikaner sitzt im unteren Abteil. Er trägt eine Kampfhose und darüber ein langes weißes Gewand, das an ihm flattert wie eine Friedensfahne, so dass man die Kampfhose nur ein klein wenig sieht. Fast unanständig blitzt sie unter dem Kaftan hervor. Der Mann sieht verzweifelt aus. So als wollte er unter keinen Umständen kämpfen. Hier im Zug muss er das ja auch nicht. Im Zug gibt es für beinahe alle eine gewisse Verschnaufpause. Meistens. Ich gehe in das obere Abteil. Dort schreit ein Säugling um sein Leben. Die Mutter trägt ihn auf dem Arm. Nach einer Weile wimmert er nur noch leise. Ich packe mein Buch aus. Sogar mit Widmung diesmal.

Zuerst betrachte ich das auf dem Titel abgebildete Gesicht des Autors. Der Schaffner möchte wissen, ob ich noch zugestiegen sei. Als ob er das nicht wüsste. Gerade vorhin bin ich beim Einsteigen mit dem Koffer beinahe über seinen linken Fuß gefahren.

Er entwertet mit gewichtiger Miene die Fahrkarte und wünscht mir dann einen guten Tag.

Einen guten Tag wünschen Schaffner immer erst nach Entwerten der Karte. Die Karte wird zwar entwertet, der Wert wird dann aber direkt auf den Fahrgast übertragen, der eine noch zu entwertende Karte bei sich führte.

Daher also verabschiedet sich der Schaffner nunmehr freundlich. Nun habe ich keine Lust mehr mir das Gesicht des Autors anzusehen, da ich gleich lesen möchte. Der Schaffner hat mir Zeit geraubt. Ich kann sie aber wieder aufholen, wenn ich sofort lese.

Wenn ich gleich in der Mitte anfange, geht es noch schneller. Manchmal beginne ich in der Mitte oder sogar noch weiter hinten. Dann lese ich es zurück. Aber nur, wenn mir die Mitte und das Ende gefallen haben. Ansonsten erspare ich mir den Aufwand.

Gleich wird mein Paul kommen, der mobile Kaffee-verkäufer, der sich Caterer nennt und mir immer zwei Kekse zu meinem Kaffee schenkt. Dafür gebe ich ihm dann etwas mehr Trinkgeld. Sowieso kaufe ich den Kaffee nur, weil Paul das Geld braucht. Er hat fünf Enkel und Schlafprobleme.

Ich muss mich beeilen mit dem Lesen bevor Paul kommt. Er wird mir auch wieder Zeit rauben. Ich schlage das Buch irgendwo auf. „Eine Pianistin" heißt die Kapitelüberschrift. Ich beginne zu lesen.

Eine Art Blitzschlag trifft mich. Erst denke ich, dass das damit zusammenhängt, weil wir nicht mehr im Tunnel sind mit dem Zug. Aber das ist es nicht. Es ist die Geschichte. Parallel dazu ist der letzte Tunnel zwar ebenfalls vorbei, das Tragen meiner Sonnenbrille offiziell spätestens jetzt zu rechtfertigen, doch das ist es nicht. Es ist die Geschichte. Ich bin meiner Sonnenbrille dankbar dafür wie sie mich schützt.

Niemand soll wissen, was diese Geschichte mir bedeutet. Paul kommt vorbei. „Kaffee, Prinzessin?" fragt er und beginnt Kekse und Pappbecher schon in Position zu bringen. Paul nennt mich manchmal „Prinzessin", was ich peinlich finde. Aber das stört mich heute weniger als seine Frage, Entsetzt schüttle ich den Kopf. „Heute nicht". Mein Herz klopft so unerträglich schnell; Kaffee in dem Fall komplett kontraindiziert.

Schuld daran ist die Pianistin. Verwirrt klappe ich das Buch zu und versuche nun doch im Gesicht der Autoren zu lesen. Natürlich hätte ich das schon früher machen sollen. Eine Unachtsamkeit, die sich sofort gerächt hatte. Es empfiehlt sich nämlich die Gesichter derer zu studieren, deren Geschichten man liest.

Sonst trifft es einen am Ende noch vollkommen unvorbereitet. Und dann sitzt man da. Ohne Kaffee und mit klopfendem Herzen. Woher wusste er von ihr? Wer hat ihm von ihr erzählt? Sein rechtes Auge sieht mich wach und ungerührt an. Das linke Auge blickt ernst. Von ihm werde ich nichts erfahren.

Soll ich es ihm sagen? Soll ich ihm sagen, dass ich die Pianistin bin?

Oder wäre es, in Anbetracht der Tatsache, dass ich gar kein Klavier besitze, zu vermessen? Niemand hat mich je besser beschrieben – und niemand hat mir je ein so schönes Ende geschrieben. Für dieses unfassbare Ende allein lohnt sich alles, was ich zuvor gelesen habe und alles, was ich noch lesen werde.

„Ich danke Ihnen für dieses Ende", denke ich laut und sehe sein Bild auf dem Cover an. Jemand, der ein solches Ende gefunden hat für jemanden, der noch nicht einmal ein Klavier besitzt, so jemand hat es einfach verdient gesiezt zu werden. Ich werde mich doch nicht plump vertraulich mit einem „Du" an ihn heranschmeißen. Eine Pianistin tut das nicht. Eine Pianistin, die etwas auf sich hält, erkennt den wahren Wert eines guten Stückes – sei es mit Noten versehen oder ohne. Eine wirklich gute Pianistin braucht hierfür kein Klavier. Wenige nur wissen das. Er, dessen Auge so ernst blickt, weiß das längst. Er kennt mein Leben, vielleicht sogar mein Ende. Gedanken jagen durch meinen Kopf wie die Affen aus Salem oder wie die Affen aus der Orangerie in Strasbourg oder überhaupt wie Affen eben. Paul möchte mir ein Käsebrot verkaufen. „Ich muss leider aussteigen", entschuldige ich mich. Den Koffer ziehe ich hinter mir her. Das Buch habe ich nicht wieder in die Handtasche gesteckt.

Ich halte es fest an mich gepresst wie eine Art Schutzschild. Die Augen des Schriftstellers geradeaus. Der Schaffner sieht mir nach. Das macht er immer so. Warum, weiß ich nicht. Währenddessen entwertet er Fahrkarten. Dabei müsste er doch draußen auf dem Gleis stehen mit seiner obligaten Trillerpfeife. Irgendwie verstehe ich ihn nicht. Aber vermutlich hat das nichts zu bedeuten. Ohnehin habe ich jetzt an etwas Besseres zu denken, oder zu hören. Denn ein Musikstück möchte mit einem mal nicht mehr heraus aus meinem Kopf. Ob ich es auf dem Klavier nach-spielen könnte? Ich glaube schon. Ob nun mit Klavier oder ohne. Und dieser Schriftsteller, der hat das vorher schon gewusst.

SCHWEIZER KÄSE

Plötzlich, im Bus von Italien zurück nach Deutschland, verstand ich das Geheimnis des Lebens, und es war mein Bruder, der mich darauf gebracht hatte mit seiner Abwesenheit jeglicher Liebe.

Ich verstand, dass das, was nach Außen als Liebe zu seiner Frau hätte gedeutet werden können, doch nichts Anderes war als der Versuch sich ihrer nicht zu schämen, sie zu überhöhen, um der Scham darüber zu entkommen, dass sie nichts Besonderes war, dass nichts an ihr besonders, liebenswürdig oder anziehend gewesen wäre.

Bar jeglicher Bildung, Intelligenz und dem, was man gemeinhin eine gewisse Großzügigkeit des Herzens hätte nennen können, von nichtssagendem Aussehen und keinen nennenswerten Talenten gesegnet, überhöhte er sie, überschüttete sie mit Lob für doch eher recht selbstverständliche und banale Dinge, schwang sie zur Heldin auf. Die ewig Nörgelnde und stets Unzufriedene war sich ihrer grundsätzlichen Unbedeutendheit wohl instinktiv bewusst.

Gemeinsam rüttelten sie am Ansehen derer, die größer waren, großzügiger, talentierter, achtsamer, liebevoller. Und doch erhöhte er sie nicht aus Liebe.

Er sah nicht mit den Augen des Großmuts über ihre offensichtlichen Mängel hinweg. Nein, vielmehr sah er sie gar nicht. Weigerte sich zu begreifen wer sie war, wer sie nicht war. Als Appendix seiner selbst hatte sie besonders zu sein. Hatte alle anderen in den Schatten zu stellen.

Wie sehr die offenkundige Realität hinter dieser Forderung zunehmend zurückblieb, auch er spürte es wohl irgendwie.

Sind doch auch seine verzweifelten Bemühungen etwas darzustellen, und sie etwas darstellen zu lassen, hiermit zu erklären. Er hatte sich mühsam eine Sammlung teurer Weine und edler Zigarren zu- sammengescharrt. Doch die war nur zum Angeben. Niemand hatte sie je konsumiert. Warum nur dachte ich selbst im Urlaub, selbst auf meiner Fahrt nachhause, noch an ihn? War er es wert? Mitnichten.

In einer Raststätte sah ich nun diese tolle Zigarre, einer Havanna täuschend ähnlich nachgebildet, doch anstatt der sonstigen Zusammensetzung aus gerollten Tabakblättern hatten die Schweizer alles daran ge- setzt sie komplett aus 60%-iger Schokolade nach- zuempfinden. Instinktiv griff ich ins Regal. Bald stand der Geburtstag meines Bruders an, doch hatte ich die Zigarre noch nicht einmal in der Hand so fiel mir bereits ein, dass wir ja längst nicht mehr miteinander sprachen.

Die Reisegesellschaft verließ die Raststätte und wir fuhren weiter.

Die noch im Winter liegende Schweizer Landschaft zog an mir vorbei, graubraun und Ocker, da es in diesem Jahr kaum Schnee gegeben hatte. Vereinzelte braun-weiße Felder lugten einem ganz unverwandt entgegen, und wenn man den Blick dann ein wenig nach oben richtete, so konnte man sich wenigstens mit diesem Blick ein wenig über all dies hinwegtrösten. Die Berge.

Ihre weißbedeckten Gipfel verschmolzen mit dem milchigen Hintergrund, und ich zwang mich mein Auge darauf zu richten und dabei die Momente zu zählen, in welchen die hohen Berge im Himmel verschwanden, indem sie mit dem milchigen Himmel verschmolzen, um dann, gänzlich unvermittelt, wieder aufzutauchen.

An den Schrein dachte ich, an die Sammlung all der kleinen Briefe, Karten und Geschenke, Bilder und sonstige Bezeugungen der Zuneigung, die ich in den vergangenen Jahren von so vielen Menschen bekommen hatte. Die Liebesbriefe meiner Nichte an mich allen voran.

Oden an die beste Tante der Welt.

Das war, bevor sie kurz nach Weihnachten aufgehört hatte mit mir zu sprechen. Ich kann ihr keinen Vorwurf machen. Was soll sie ohne ihre Eltern tun? Seltsam verloren wirkt sie noch mit ihren beinahe 18 Jahren ohne sie. Dementsprechend darf sie sich nicht auflehnen, darf nicht selbst denken, vor allem aber darf sie sich nicht zu ihrer ehemals liebsten Tante bekennen. So vieles ging mir durch den Kopf, während das Motorgeräusch des Busses mich seltsam beruhigte. Während meines Urlaubs in Nord-Italien ist ein Virus ausgebrochen. Genau dort, wo ich gewohnt habe. In den Nachrichten wird auf allen Kanälen beinahe ununterbrochen davon berichtet.

Was, wenn es mich erwischte, erwischt hatte? Was, wenn ich nicht wieder zurückkommen würde in das Haus mit Bruder, Schwägerin und Nichte?

Oder nur kurz, um bald darauf ins Krankenhaus und dann in die Leichenhalle gebracht zu werden?

Recht wäre es ihnen allemal. Die Verwirklichung ihrer Träume, um genau zu sein. Die Träume der Familie vom schnellen Geld, vom Geiern bei der toten Tante.

Doch wird es auch ihr Traum sein? Der Traum meiner Nichte? Wie wird es für sie sein für den Rest ihres Lebens mit der Lüge zu leben die man über ihre Tante in Umlauf gebracht hatte? Und ich selbst? War das das Leben, welches ich mir erhofft hatte? Ja, denke ich. Es war oft nicht glücklich, vor allem am Ende nicht, und doch konnte ich mir in ihm meinen Sinn erfüllen. Wieder betrachtete ich, nun bar aller Gedanken, Himmel und Berge. Der große Hunger auf Schokolade war mir abhandengekommen und der Gier nach etwas Herzhaften gewichen. Und dann, plötzlich erkannte ich das Wichtigste von allem. Die Quintessenz allen Lebens.

Die Schweiz nämlich ist ein Käse. Ein Schweizer Käse

ALPHA ET OMEGA

Kurz vor ihrem plötzlichen Tod sah ich es beim Nach-
hausekommen und hielt es für einen Streich, den mir
meine übermüdeten Augen spielten.

Es war bereits recht dunkel, und so war es zunächst natürlich nicht sehr verwunderlich, dass ich ihre beiden dunklen Schatten wahrnahm, besser: Ihre Silhouetten. Nachtschwarz.

Ich dachte sie stünden vor ihrer Haustür im Begriff die Treppe hinunterzusteigen.
Indes waren sie nur einen Wimpernschlag später völlig verschwunden- ohne Spur: Keine Silhouette, keine Schatten, nichts.
Waren sie vielleicht ins Haus zurückgetreten, um einer Begegnung mit mir noch auszuweichen? Doch wie sollte das vor sich gegangen sein? Wie hätten sie so schnell und unbemerkt durch die geschlossene Tür treten können?
Allein die Lichtschranke hätte sie verraten.

Dicht aneinandergepresst stehend, waren mir ihre Silhouetten auch am Tag ihres Unfalls noch im Kopf und erschienen mir nun, in der Retrospektive als prophetische Schatten, Boten aus der Unterwelt, die sich für gewöhnlich nicht verraten. Ich habe sie überrascht. Ihre Rache, obgleich ich es ja nicht mit Absicht getan hatte, folgte alsbald. Nun sah ich sie vor jeder siebten Tür. Die Schatten derer, die man im

Begriff war wegzuholen. Selbst einer ungerührten und grundsätzlich unbekümmerten Seele würde so etwas zusetzen, und was soll ich erst sagen? Manchmal schließe ich die Augen vor einer solchen Silhouette, doch, wie auch immer dieser scheußlich teuflische Trick funktionieren mag: Selbst mit geschlossenen Augen sah ich sie - und hörte sie obendrein.

Mal war es einer, dann teilte er sich zu mehreren. Geschlechter verschwanden und dieses Eine Wesen, diese eine Silhouette sagte mit kraftvoller Stimme zu mir: „Ich bin der Anfang und das Ende!"

Mein Arzt glaubt mir nicht. Und das, obwohl ich auch vor seiner Tür eine solche Silhouette gesehen habe.

Eine Kur mit Bädern hat er mir verschrieben. Nervös hat er gewirkt. Ja, auch unbekümmerte Seelen kann so etwas mitnehmen.

Dann beantragte er schriftlich, mit bekümmert nach unten weisenden Mundwinkeln eine Anschluss-Kur, eine Verlängerung.

Als ob das was nützt.

Ob ich ihn noch einmal wiedersehen werde, wenn ich zurückkomme? Ich glaube es nicht. Der, der Anfang und Ende zugleich ist, hat es mir verraten.

EKEL

Bereits als Säugling war er am liebsten für sich, lag bäuchlings auf dem Babyteppich, war froh, wenn er nicht übermäßig belästigt wurde und lauschte den Stimmen der Hörspielsprecher, die er jederzeit leiser stellen oder gar vollständig zum Verstummen bringen konnte. Er fand viel heraus- bald noch etwas bis dahin Fremdes und ungeheuer Wichtiges, den Verzicht auf den eigenen Willen. Er gab immer nach, Trotzphasen entfielen bei ihm, waren ersatzlos gestrichen, denn schnell hatte er bemerkt, dass der Weg des geringsten Widerstandes ihm am meisten lag. Niemals geriet er mit anderen in Streit, niemals mischte er sich in die Belange anderer ein, schlug sich auf niemandes Seite und wurde prompt mit einer Urkunde ausgezeichnet, was mich wunderte. Hätte nicht die Urkunde vielmehr einer verdient, der versucht hatte Konflikte zu lösen? Nein, belohnt wurde das Sich-Heraushalten, das Keine Stellung beziehen. Viele dachten sie seien mit ihm befreundet, die Eltern allen voraus. Aus manchen Gründen gehen Eltern ja häufig davon aus man müsste mit den eigenen Kindern befreundet sein. Nahtlos fügte er sich in ihr Leben ein, übernahm ihre Hobbies, machte sich im Haushalt nützlich, spürte was von ihm erwartet wurde und tat es – ohne jedoch auch nur den geringsten Hauch einer Emotion für sie zu empfinden. Für seine Familie nicht, für seine sogenannten Freunde nicht. Er wusste nur, dass er mitspielen musste, wollte er sein bequemes Leben nicht verlieren. Und so tat er es.

Ungewöhnlich fasziniert war er von Gebeinen und Totenköpfen - seien es menschliche oder tierische - zudem erstreckte sich sein Interesse auch auf den monetären Bereich – auf Geld.

Bei jeder Gelegenheit ließ er sich etwas zustecken, ließ sich jede Hilfe, die er anderen zukommen ließ, vergüten und ersparte sich so bereits in jungen Jahren genug Geld, um sich zum einen einen Jagdschein zu leisten als auch zum anderen um die Tiere, welche auf seiner Liste standen, zu erlegen.

Jedes dieser Tiere kostete einen gewissen Preis. Gestaffelt ob Fuchs, Rebhuhn, Reh, Hirsch oder Gams. Er wollte von jedem mindestens eines erlegen, und da er immer so freundlich und höflich war, bat man ihn häufig um Gefallen, vergütete ihn und ermöglichte es ihm so nach und nach all jene Tiere zu erlegen die auf seiner Liste standen. Ordentlich war er auch– mehr als das. Sein Regal erfüllte nicht den Zweck, welchen ein

Regal normalerweise erfüllte. Frei von jeglichem Ballast, von sentimentalen Überflüssigkeiten oder Ähnlichem war es. Klinisch sauber wirkte alles, und umso deutlicher hoben sich in einen merkwürdigen Kontrast die präparierten Schädel von all dem anderen ab. Das Eichhörnchen und der Auerhahn, die er wie den Fuchs hatte ausstopfen lassen. Gams, Rehbock und Hirsch hingen fein säuberlich, der Größe und den Geweihen nach geordnet, an der Wand.

Seine Eltern waren stolz auf ihn, auf seine Freundlichkeit, die fast schon störrische Zielstrebigkeit und seinen Ordnungssinn, mit welchem er einfach hervorragend in deren Lebenskonzept passte. So störte er nicht, fügte sich nahtlos ein und trug zum allgemeinen Wohlbefinden und Status der Familie bei. Die Eltern, immer darum bemüht jung und „hip" zu wirken, wünschten ihn sich weiterhin zum Freund, buhlten mit Geld und mit allem, was ihnen zur Verfügung stand.

Jeder Schritt von ihm entweihte die teuren Möbel, das geschmackvoll gestaltete, auf Anerkennung zielende, Interieur.

Wellen von Scham und Ekel wechselten sich mit der Empörung darüber ab möglicherweise einst ein ähnliches Schicksal erleiden zu müssen. Auch zu so etwas werden zu müssen, unweigerlich. Etwas, das den Wert der gesamten Immobilie zum Kollaps führen würde.

Der Anblick des kranken Vaters wurde ihm so unerträglich, dass er körperliche Schmerzen zu erleiden glaubte, wann immer dieses Ungeheuer die heiligen, gepflegten Hallen durch seine schiere Anwesenheit entweihte.

So verfügte er beizeiten, dass nach seinem Tod, den er sich im Übrigen selbst und bald beizubringen gedachte, sein Schädel fein präpariert neben seinen Trophäen exponiert werden sollte.

An erster Stelle – noch vor den Hirschen, denn: Geweih hin oder her- Ordnung musste sein.

LA FAMILLE MORTE

Meine Familie besteht heute fast ausschließlich aus Toten, aus Erzählungen. Sie besteht in der Erinnerung an Menschen, die mir vorausgegangen sind, und die ich dennoch, oder natürlich eben deswegen, nicht kannte. Mein Vater, der einzige Zeitzeuge, mit verblüffend starkem und unbestechlichem Gedächtnis ausgezeichnet, erzählt mir von diesen Menschen, mit denen Welten untergingen die wir heute gar nicht mehr verstehen könnten.

Der alte Schäfer in der Mark Brandenburg, zahllose lebenshungrige Tanten, internationale Freunde / Freundschaften im städtischen Leben vor 100 Jahren. Kaffeekränzchen mit dem allerbesten Geschirr: Zusammenhalt ohne es dabei in ein allzu verklärtes Licht rücken zu wollen. Ich sehne mich nach diesen Menschen von früher, ohne freilich ernsthaft zu glauben sie seien bessere Menschen gewesen-obwohl ich vermute, dass sie es in der einen oder anderen Hinsicht durchaus waren. Ein Leben aus erster Hand, ein engeres und doch zugleich so viel weiteres Leben. Könnte ich noch zurück? Würde ich mich mit meinem heutigen Gehirnen, den Verbindungen, den stets stimulierten Synapsen den verführerischen Komfort von aromatisierten, hell erleuchteten Kaufhäuser angefangen bis hin zu der Möglichkeit mit einem Auto welches mir praktisch jedes meiner Körperteile wärmen kann und sogar für mich einparkt - könnte ich es austauschen wollen gegen Fußmärsche durch Schnee und Regen mit Einkaufskörben, einseitiges, karges Essen, lange vor dem Siegeszug von Spaghetti,

Pizza und Sushi, vor Erfindung der Antifalten-Creme und des gezielte Wohlfühlhormon-Stimulanzien ausstoßendem Spezialparfüms? Wo auch immer man sich umsieht (wenn man nicht allzu weit blickt und hübsch in der nächsten Nähe bleibt): Niemand muss mehr frieren oder schwitzen, keiner im Kindbett sterben. Nicht einmal mehr langweilige Familien-Abende gibt es noch. Jeder sitzt vor seinem eigenen Rechner.

Man surft auf Sex Seiten oder geht zum Yoga, nach dem Shoppen: Mädels-Treff; man bucht schnell ein Abenteuer online wenn der eigene Partner sich erschöpft hat, vor dem Kino wirft man sich einen Snack oder einen Coffee-to-go ein.

Sofortige, unfassbar nette und doch unverbindliche Bedürfnisbefriedigung wohin man auch blickt (vorausgesetzt man blickt nicht allzu weit). Wir bekommen alles, was wir wollen. Und dennoch fühlen wir uns leer. Ist denn das was wir wollen, das, was uns letztlich korrumpiert?

Ist es auch das, was wir brauchen? Wer, außer dem Leben selbst, soll mir das beantworten? Meine familie morte schweigt sich dezent aus.

Nur die Drohne meines Neffen brummt um das Haus. Surrt, und nimmt mit bösem Auge alles auf.

UNWIDERSTEHLICH

Jemand ruft meinen Namen. Süß wie Zucker - und freundlich. Meine Nichte, Sie will wieder etwas. Es könnte das Englisch-Referat sein, ein Chemie-Test, die Deutscharbeit oder die Spanisch-Übersetzung. Es ist März. Seit Dezember habe ich nichts mehr von ihr gehört. Sie wohnt im Zimmer direkt über mir und teilt mir über das Haustelefon Mitte Februar einmal mit, sie habe ja noch mein Weihnachtsgeschenk und wolle es mir bringen. Passiert ist das nicht, und ich muss zugeben, dass mein Interesse an ihrem Weihnachts-geschenk ebenso gegen Null strebte wie das Interesse an ihrer Person. Und dennoch- ich kann nicht anders. Wenn sie wieder freundlich tut und versucht mich um den Finger zu wickeln, werde ich wieder mit ihr lernen. Nicht weil ich auf ihr Getue noch hereinfallen würde. Ein solches Verhalten fliegt unmittelbar auf, aber doch weil ich denke, dass ihr im Leben noch so viele Enttäuschungen, so viel Schmerz bevorstehen wird. Sie tut mir leid, weil sie es noch nicht weiß, und ich wünsche mir ihre Kindheit ein klein wenig zu verlängern, ihr wenigstens noch ein bisschen zu helfen, bis sie dann merken wird worum es sich in der Welt dreht. Bis sie selbst unweigerlich benutzt und dann fallengelassen werden wird, von vermeintlichen Freunden, gedankenlosen, seelenkalten, herzharten Familienmitgliedern, vielleicht sogar von ihrer engsten Vertrauten.

Sie wird es erleben: Das totale Desinteresse an ihr als Person in einer narzisstischen Welt. Spüren wird sie das Reduziert-Werden auf eine, vielleicht auf zwei Funktionen. Die, welche mir am liebsten war, mein kleines Mädchen. *„Ja, ich lerne mit Dir."*

Triumphierend kommt sie zu mir, trägt die Bücher in der Hand, glaubt sich ihrer Unwiderstehlichkeit sicher und tut mir nur unendlich leid. Sie setzt sich neben mich. Wir schlagen ihr Buch auf.

VOM DRACHENTÖTER

Auch jetzt, während meines Studiums denke ich an meine Oma, die mir so viele Bücher schenkte, dass mein Regal nicht mehr ausreichte. Unter meinem Bett hatte ich daher eigens eine riesige, ausgesucht feine Bücherreserve angelegt. Es blieb kein bisschen Platz frei, so eng stapelte ich die Bücher unter meinem Bett.

Das Gute daran wiederum war, dass ich seither vor dem Zubettgehen nicht mehr, wie sonst, minutenlang und regelmäßig nach Gespenstern suchte. Vor der Sache mit den Büchern hatte ich diese nämlich immer unter meinem Bett vermutet. Und die Bücher hatten sie nun einfach vertrieben. Ich denke mal, dass das nicht nur wegen des mangelnden Platzes war.

Bücher sind nämlich immer stärker als Gespenster. Das ist sozusagen ein Gesetz.

Immerhin, jedoch, habe ich sie, meine wunderbaren Bücher.

All meine Bücher.

Bücher sind so überaus klug.

Meistens sind sie sogar klüger, viel klüger, als die Menschen, die sie geschrieben haben. Sie begleiteten mich durch meine Kindheit und Jugend, bis hin zu meinem Studium.

Hier war ich nun endlich angekommen.

An einem wilden Ufer entdecke ich in diesem ersten Sommer meines Studiums das Baden nochmal anders. Tagein und tagaus gehe ich schwimmen. Dieses Gefühl von Freiheit kann ich ganz schwer beschreiben. Doch empfand ich es immer beim morgendlichen Schwimmen im See. Schon frühmorgens auf dem Weg zur Uni mache ich einen erheblichen Umweg, stelle das Rad an der Seestraße ab und springe von der Brücke in den Rhein.

Auf der Wasseroberfläche spiegelt sich manchmal mein Gesicht. Ich bin es und ich bin es nicht. Die chinesischen Philosophen lese ich abends unter einem Kirschbaum, oder auf den warmen Steinen am See. Ich schwimme unter der Sonne und ich schwimme unter dem Mond, im lauen fruchtigen Wasser des Sees. Wenn dies mein letzter Tag wäre, dann wollte ich selbst im Licht der fremden Sonne gebadet haben.

Den Rest des Sommers schwimmen Jakob und ich tagsüber, liegen im hohen, dichten Gras hinter der Uni, sitzen in Cafés und Eisdielen, flanieren an der

Uferpromenade entlang bis zur Schmugglerbucht und gehen nachts um 12 im See erneut schwimmen.

Die allgemeine Seelenlage ist jetzt viel entspannter, obwohl lüsterne Wolken am Horizont bereits ein Gewitter ankündigen, das sich nach Entladung sehnt. Nach der Vorstellung im Freilicht-Theater an der Uni fahren wir mit den Rädern an den Uni-Strand und schwimmen im silberroten Mondlicht, bis es anfängt wild zu blitzen und zu donnern. Eigentlich ist es wunderschön; trotzdem muss ich weinen. Später, zu Hause, streicht mir Jakob über die Wange. Er sieht heute besonders gut aus. Seine Haare sind mittlerweile ziemlich lang und noch etwas feucht vom Schwimmen. Das gibt ihm etwas Verwegenes. Als er bemerkt wie ich ihn ansehe, schneidet er Grimassen, um mich zum Lachen zu bringen, leider tröstet mich das auch nicht. Den ganzen, im Grunde so herrlichen,einmaligphänomenalundimmerlichtdurchfluteten trockenheißen Bodenseesommer über war mir innerlich kalt. In jenem Sommer hat es fast keinen einzigen Tag geregnet. Allein das müsste im Grunde ausreichen, um es unheimlich werden zu lassen. Und dennoch habe ich, wie ich finde, das Beste daraus gemacht. Mit Jakob. Daher habe ich auch eine Woche darauf den definitiv letzten Versuch unternommen, Jakob die östliche Philosophie ein wenig näherzubringen. Ein wahrhaft undankbares Unterfangen! Ich habe ihm den „Drachentöter" vorgelesen, weil er Geburtstag hatte und ich ihm unbedingt etwas von wirklichem Wert schenken wollte. Außerdem hatte ich die Hoffnung gehegt, dass er mit fortschreitendem Lebensalter etwas an Weisheit gewinnen würde und sein trotziges Desinteresse einem milden Wohlwollen weichen würde. Ich habe mich geirrt. Der Abend wurde dann zum Glück doch noch recht schön.

Ein paar Bewohner aus Jakobs Wohnheim waren auch zu uns herübergekommen.

Von seiner WG ist allerdings niemand da gewesen, das war ein richtiges Geschenk für ihn. Die Leute aus seiner WG sind nämlich alle miteinander verfeindet. Wir tranken Tee, rauchten und ich konnte meine Geschichte vom Drachentöter dann doch noch anbringen, während Jakob auf dem Klo war.

Irgendwie kam die Geschichte ganz gut an, obwohl ich befürchte, dass möglicherweise niemand die tatsächliche „Message" verstanden hat.

Besonders Angie, die ich vom Sehen kenne, schien

sich trotz ihres weit fortgeschrittenen, schweren Alkoholkonsums, für die Chinesen zu erwärmen. Ich erzählte ihr auch von den Chinesen, die Wanderlehrer waren und an Fürstenhöfen versuchten, ihr Wissen an den Mann zu bringen.

Das war das Programm, wie man die Welt, welche am Untergehen ist, da sie *„wu dao"* also *„ohne Ordnung"* ist, wie Roth sagt, retten könnte durch eine Rückkehr zu der Menschlichkeit und wie man das verloren gegangene Herz durch Lernen wiederfindet.

Zum Schluss hat mir dann keiner mehr zugehört. Jakob kam von der Toilette zurück und hat die Musik lauter gedreht, so dass man sich nur noch schreiend verständigen konnte.

Das war schade, aber da war nichts zu machen.

Die Zeit nach Jakobs Geburtstag verlief friedlich. Ich stand früh um fünf auf und setzte mich auf eine Bank im Unigraben, um mir die Geschichte vom Drachentöter wieder und wieder durchzulesen. Ich bin von der Idee besessen, diese Kunde wirklich zu verstehen.

Es geht um einen Mann, der das Drachentöten lernte und sein ganzes Vermögen dafür hingab. Nach drei Jahren hatte er die Meisterschaft erlangt, aber er fand nie die Gelegenheit, seine Kunst anzuwenden, denn er ist nie einem Drachen begegnet, wie bei Zhuang-Zi nachzulesen ist. Jakob nennt mich autistisch, weil ich über diese scheinbar so belanglose Geschichte nicht hinwegkomme. Doch ich fühle deutlich, dass der Drachentöter mit mir zu tun hat. Mir kommt es auch oft so vor, als würde mich auf dieser Welt keine Seele brauchen und als sei all das, was ich versuche heraus-zubekommen und zu lernen am Ende voll-kommen ohne Bedeutung. Doch dann, wenn ich an den Drachentöter denke, dann weiß ich, dass es alles so sein muss. Es muss so sein auf eine Art, die sich uns jetzt noch nicht erschließt. Doch das will nichts heißen. Ganz im Gegenteil.

EIN STÜCK VOM HIMMEL

Ein Stück vom Himmel, vom wahren Himmel und nicht von dessen Abbild. Lange schon ist das mein Wunsch, länger fast jedoch habe ich ihn bereits aufgegeben. Doch dem, der genau hinsieht, öffnet sich manchmal, und nur kurz eben dies.

VON KATZEN UND MENSCHEN

Mein Mann kann keiner Fliege etwas zuleide tun – und das ist nicht nur eine Redensart. Er kann es wirklich nicht. Im medizinischen Labor befreite er Versuchsmäuse um ihnen noch einen einzigen schönen Tag zu schenken. Das war gleichzeitig auch sein letzter Arbeitstag

Die Wespenkönigin aus unserem Wintergarten wollte er auswildern. Nachdem er sie in einer ausreichend großen Tupperdose zum nächstgelegenen Waldstück gefahren hatte und zufrieden heimkehrte war sie bereits längst vor ihm wieder bei uns eingetroffen.

Dies sind lediglich zwei aus einer Serie von zahllosen Begebenheiten dieser Art. Ich räume ein, dass er- und nicht nur von mir- mehrfach verspottet wurde, da diese Tierliebe schon Ausmaße angenommen hatte die an eine Satire grenzte, so wie bei der Spinne, welche er in einem Aufzug ausgesetzt hatte in der Hoffnung sie möge in einem der oberen Stockwerke aussteigen.

Er war ein erwachsener Mann und dennoch. Ich weiß nicht, da war nichts zu machen. Hartnäckig setzte er sich für Nacktschnecken und Schnaken, Kröten und Grottenulme ein, wurde von Fledermäusen in den

Finger gebissen und von kleinen Katzen zerkratzt. In einer Tierhandlung wurde eigens nach seinem Besuch dort ein Warnschild aufgehängt auf dem zu lesen stand: „Alles was einen Schnabel hat kann auch hacken." Hausverbot hatte man ihm im Anschluss zu allem Überfluss auch noch erteilt. Das war ebenfalls an dem Tag den wir in der Notaufnahme verbracht hatten. Glücklicherweise konnte mein Mann seinen Finger damals behalten; gelernt hat er aus der Misere jedoch kaum etwas. Kurz darauf wurde er aus dem Meeresaquarium geworfen, weil er ausgerechnet Rochen streichelte. Nein, gelernt hat er aus all diesen Ereignissen tatsächlich nichts.

Insbesondere galt das für Katzen. Zahlreiche Besuche bei Augenärzten, Tetanus-Spritzen und vieles mehr waren die ständigen Begleiter seiner Liebe zu Katzen, die, man mag es glauben oder nicht, auf Gegenseitigkeit beruhte. Ob all die Spritzen seiner Gesundheit oder seinem Willen zum Mensch-Sein schadeten ist im Nachhinein natürlich nicht zu beantworten. Wohl kam es alles ebenso wie es kommen musste. In nur einer Nacht nämlich wurde er plötzlich selbst zur Katze. Nicht irgendeine Katze. Ich bitte Sie! Nein, ein ausnehmend edler Kater war er geworden mit hohen Hinterläufen, einem glänzenden Fell und sehr spitzen, feinen Eckzähnen. Seine hellen Augen leuchteten in sattem Türkis und mir war bereits beim ersten morgendlichen Blick auf ihn bewusst, dass mir noch niemals zuvor eine schönere, behendere und elegantere Katze begegnet war. Mit seiner Tierliebe allerdings war es nach dieser Metamorphose nicht mehr so weit her. Mäuse und Vögel fürchteten ihn zu gleichen Teilen. Prächtig allerdings war er. Da war nicht dran zu rütteln. Mir persönlich wäre es jedoch lieber gewesen hätten sich in seinem Charakter noch Reste meines Mannes gefunden. Zwar war ich es gewesen die am lautesten gelacht hatte über all seine rührenden und täppischen Versuche die mit seiner Tierliebe einhergingen; insgeheim jedoch hatte ich es ihm hoch angerechnet. Sein Blick war nie so indifferent wie der türkise Blick des Geschöpfs gewesen das er jetzt war. Nun erschien er doch etwas grausam.

Andererseits: Man kann im Leben nicht alles haben. Wieder so ein Sprichwort. Eins, an dem etwas dran ist. Da beißt die Maus nämlich keinen Faden ab.

Zum Beißen kamen die ohnehin nicht mehr. Aber das ist eine andere Geschichte.

KINDHEITS HIMMELFAHRT

Hunde sollten nicht vor einem sterben. Ebenso wenig Katzen, Hamster, Wellensittiche oder Großeltern.

Zuckerketten, Zuckerbären, Zuckerwatte und Zucker-armbänder sollten nicht, unter keinen Umständen, jemals aus dem Sortiment genommen, meine alten Kindersendungen nicht abgesetzt werden. Wie viel Glück geht für immer mit ihnen! Nur hört eben wieder einmal niemand auf mich. Nun ist er für immer fort, mein Fazar, der als Hund ein Versager und als Freund ein Hauptgewinn war. Fazar hatte sich irgendwie wohl nie damit abfinden können ein Hund zu sein. Vor sämtlichen anderen Hunden war er stets ausge-sprochen entsetzt und nervös zurückgewichen, selbst wenn es nur Layla, die stets so harmlos dreinblickende Chihuahua Hündin von schräg gegenüber gewesen war. Befehle hatte er grundsätzlich ignoriert und am glücklichsten erschien er mir gewesen zu sein wenn er auf einen Segeltörn am Wannsee mit eingeladen wurde.

Ja, mein Fazar war immer ausdrücklich mit eingeladen worden.

Etwas in ihm hatte wohl auch die anderen davon überzeugt, dass er kein normaler Hund, sondern eine

Art Zwischenwesen war. Für mich war er das ohnehin, gleich auf mehrere Arten. Vor allem war er all die Jahre das Bindeglied zu meiner Kindheit gewesen. Ich weiß bis heute nicht wie er es geschafft hat dieses biblische Alter zu erreichen, andererseits gehe ich davon aus, dass er einfach spürte welch verheerende Folgen sein Ableben auf mich und die Umwelt haben würde.

Nun ist er fort und ich bringe es nicht übers Herz seine Dosen mit Hundefutter wegzuräumen. Man könnte sie dem Tierheim spenden.

Warum schaffe ich es nicht? Warum ist nun alles leer und kalt ohne ihn?

Ich blicke in den Spiegel und sehe, dass ich eindeutig erwachsen bin. Etwas, was ich über Jahre unbedingt zu vermeiden gesucht hatte.

Fazar hatte mir dabei geholfen, der heimliche, unübertroffene Komplize meiner so lang konservierten Kindheit. Wenn man mich fragen würde: Der Stein der Weisen, das Rezept und der Garant für Glück. Nur fragt mich ja keiner. Zudem muss man ihn am Ende ohnehin zahlen, den Preis. So wie man für jedes Glück wohl irgendwann den Preis zahlen muss.

Hunde sollten nicht vor einem sterben. Ebenso wenig Katzen, Hamster, Wellensittiche oder Großeltern.

Zuckerketten, Zuckerbären, Zuckerwatte und Zuckerarmbänder sollten nicht, unter keinen Umständen, jemals aus dem Sortiment genommen, meine alten Kindersendungen nicht abgesetzt werden. Wie viel Glück geht für immer mit ihnen! Nur hört eben wieder einmal niemand auf mich.

BLAUSTRUMPF

In der Schule hatten die anderen Mädchen sie wegen ihres wenig ansprechenden Äußeren einfach „Blaustrumpf" genannt und die Jungs hatten sie höhnisch ignoriert. In dieser Zeit hatte sich Perdita nicht nur ein Mal geschworen, diese Schmach zu rächen. Und nach einiger Zeit der Vorbereitung, war sie bereit gewesen, in den Kampf zu ziehen. Äußerlich hatte sie ein paar Korrekturen vorgenommen: So hatte sie ihre Brille durch Kontaktlinsen ersetzt, die undefinierbare Farbe ihres Haars mittels zahlreicher Prozeduren in ein ansprechendes Blond verwandelt und in mühsamer Selbstkasteiung einige Pfunde verloren.

Doch da war zunächst nur der äußere Lockstoff. Das Wesentliche würde sie wohl anders angehen müssen. Das war ihr klar.

Auf der Straße sahen ihr die Männer nämlich trotz aller Versuche noch immer nicht so nach, wie sie es bei den Frauen taten, die von der Natur besser ausgestattet worden waren. Und dennoch wusste sie, dass sie ihrem Ziel nach einiger Übung vor dem heimischen Spiegel und den zahlreichen Proben in der Laientheatergruppe sehr nahe war.

Denn wie war es sonst zu erklären, dass wer einmal in Kontakt mit ihr getreten war, sich ihrem Bann nicht mehr entziehen konnte.

Sie besaß die Gabe, ihren Augen den Glanz von jener Verliebtheit zu verleihen, welche jeden Mann glauben machte, sie sei in ihn – und nur und gerade in ihn- unsterblich und unglücklich verliebt. Dabei stand ihr burschikoses und betont strenges Auftreten in einem äußerst krassen Gegensatz zu diesem Blick und ihrer zierlichen Erscheinung. Doch gerade dies erweckte in jedem Mann erst recht die Gewissheit ein besonders zartes, schützenswertes Etwas vor sich zu haben. Etwas, was jeglicher harten Liebesmüh mehr als wert erschien.

Ihre Launenhaftigkeit und Kälte die immer dann auftrat, sobald sie sich des jeweiligen Mannes sicher fühlte, verstärkte dessen Liebe und dessen glühende Entschlossenheit, ihr Herz vollends für sich zu gewinnen. Die Aussichtslosigkeit, genährt durch ein paar Quäntchen Hoffnung, hielt keinen jemals von ihr ab. Im Gegenteil. So schien es, als könnte sie die Männer mühelos dazu bringen, sich durch sie ins Scheitern zu verlieben. Ins Scheitern. Nicht ins Gelingen. Nach und nach gelang es Perdita, gar sämtlichen Frauen aus dem Ort die Männer abzujagen. Ausnahmslos. Ein grimmiges Vergnügen und Stolz erfüllte sie, wann immer ihr ein neuer Fang gelungen war.

Perdita empfand es als durchaus gerechte Strafe für die gehässigen Schulmädchen mit ihrem ewigen „Blaustrumpf", für das vernichtende Desinteresse der damaligen Jungen, die sich jetzt von ihr zum Trottel machen ließen – allesamt. Und zugleich steigerte es die Achtung, die sie vor sich selbst empfand. Jetzt war sie endlich die Begehrteste, die überaus Wichtigste, die Faszinierendste. Ein schillerndes Kunstwesen, ihre eigene, geniale Schöpfung. Niemand würde sie jemals wirklich besitzen und gerade darum würden alle sie besitzen wollen. Nach immer mehr Männern verlangte Perdita. Nach immer mehr Satisfaktion. Hatte sie sich zuvor noch auf die Männer und Frauen konzentriert die sie damals beleidigt hatten, so wurde sie nun zunehmend wahlloser, gieriger, ausufernder, hemmungsloser.

Bis zu diesem Tag nach dem Selbstmord des jungen Mädchens mit dessen Freund Perdita in den letzten Wochen geschlafen hatte. Perdita hatte hinter dem Regal des städtischen Lebensmittelladens dem Klatsch gelauscht. Zuerst die näselnde Stimme der Bäckerin: „Das ist nicht normal, sich wegen eines Mannes umzubringen, und bloß weil der, ich meine...das ist doch normal..., meine Güte, so sind die Männer." Perdita nickte zustimmend vor sich hin. Zum ersten Mal mochte sie die Bäckerin. Doch dann die leise Stimme des Lehrers: „die Mellie hat sich auf dieser Welt nie zu Hause gefühlt. Die war schon als meine Schülerin so 'ne Träumerin. Scheidungskind Ganz blöde Geschichte damals. Und dazu noch 'ne totale Außenseiterin. Blaustrumpf haben die sie in der Schule genannt. Blaustrumpf! Und da war sie eben froh, als sie den Toni, den Nachbarn damals noch, ab-gekriegt hat. Wie sie den angehimmelt hat...ich sehe sie noch vor mir, die beiden."

Blaustrumpf? Perdita trat einigermaßen entsetzt zur Seite und starrte die Bäckerin an. Das Gespräch brach ab. Der Lehrer blickte in Perditas Richtung.

Blaustrumpf. Sie hatte dieser Mellie das Wichtigste genommen.

Sie hatte *ihresgleichen* auf dem Gewissen. Ohne es gewollt zu haben. Ohne es geahnt zu haben. Und dennoch: Sie hatte sich selbst umgebracht, sich selbst erlöst. In den nächsten Wochen verstand sich Perdita selbst nicht mehr. Nichts passte mehr zusammen, nichts ergab einen Sinn.

Seit wann war sie so mitfühlend? Warum tat ihr diese Frau leid? Mitleid war etwas für schwache, für minderwertige, dumme Menschen.

Nicht für sie, die überlegene Perdita. Doch immer wieder musste sie nun daran denken, dass sie dieser unbekannten Mellie das Wichtigste genommen hatte. Und immer wieder musste sie daran denken, dass Mellie es ihr gleichgetan hatte, weil es für sie, Perdita, nun nichts mehr gab, was für sie wiederum nun das Wichtigste sein könnte.

DIESE FRAU

Ich weiß nicht was es ist aber das Gefühl welches sie in mir auslöst ist stärker als ich. Stärker als ich. Dazu muss ich vielleicht erwähnen, dass ich nicht schwach bin. Im Gegenteil. Ich zwinge mich täglich Sachen zu tun, vor denen ich eigentlich Angst habe. Ich bin ein also Mensch, der ständig mit sich selbst kämpft. Und dass, was für andere Menschen wie die Verrichtung alltäglichster Routine aussieht ist das Resultat eines furchtbaren und andauernden Kampfes gegen mich selbst. Viele kleine und große Siege. Doch diesen Kampf werde ich verlieren. Habe ich schon verloren. Diese namenlose Gegnerin ist die Ritterin meines Mannes. Sie hat ihn befreit. Sie hat das Häuschen zerschlagen, in dem er und ich uns seit vielen Jahren zurückgezogen hatten. Vor dem Leben? Vor den anderen? Sie hat das Dach komplett abgedeckt und ihn herausgeholt. Nun kommt er abends zwar noch immer zu mir, aber es regnet herein und es stürmt. Sie kann jederzeit hineinschauen und uns sehen. Ihr Parfüm ist überall, eitrig-süßlich verklebt es mir die Lunge. Wenn sie ihn ruft steht er auf und geht zu ihr. Sie wird mich verschlingen. Ich kämpfe seit einem Jahr gegen sie. Gegen mich.

Doch immer wenn ich glaube, ihr endlich- endlich! einen Kopf abgeschlagen zu haben, wachsen zwei weitere nach. Immer wenn ich mich überwunden habe mit ihr zu reden, über sie zu reden war es hinterher schlimmer als vorher. Sie hat die Gesetze der Verhaltenstherapie auf den Kopf gestellt denn sie hat unbeschreiblich viele Köpfe. Köpfe die immerzu nachwachsen und die ich niemals werde besiegen können. Ich kann nur eines retten. Und das ist mein Leben. Ich kann diese Angst nicht besiegen denn sie ist der Tod für mich. Sie ist stärker als ich. Ich kann nur weggehen und sie mit all ihren Köpfen zurücklassen. Dahin gehen, wo mich diese Köpfe einfach nicht mehr erreichen können. Wenn man verloren hat, muss man gehen. Damit man wenigstens sein Leben retten kann. Wenngleich man auch alles andere verloren hat.

SCHNELLWÄSCHE

„Die Größe eines Menschen besteht darin, dass niemand ihn erretten kann."

Jiddu Krishnamurti

Er war ein lebhafter, hübscher 19-jähriger mit einem Kleinwagen, der so gut zu ihm passte als habe man ihn eigens für ihn gebaut. Ein kleiner grauer Flitzer mit aufgeklebten Ralleystreifen an den Seiten, meist ein klein wenig beschmiert, doch die ein oder andere Schnellwäsche rückte alles wieder so zurecht wie es sein sollte. Nichts an ihm erinnerte an das protzige Wesen seines Vaters und an dessen Sammlung von Autos, welche den Zweck verfolgen sollten sein Ansehen in der Nachbarschaft deutlich zu erhöhen; ein Unterfangen, welches nur Spott nach sich gezogen hatte. Dieser Spott hatte jedoch vor seinem Sohn Halt gemacht- bis zu dem Tag, an dem er eine biedere Familienkutsche geschenkt bekam. Dunkelblau, matt, gediegen, mit Vollautomatik und ohne aufgeklebte Ralley-Streifen. Es war ein Wagen wie ihn wohl ein Notar, vielleicht auch ein konservativ gestimmter Oberstudienrat gefahren hätte. Von jenem Tag an, ich bezeuge, dass ich die Wahrheit spreche, wurde der

Junge steif und hölzern, wirkte mit einem Mal um vier Jahrzehnte älter. Bald schon schmerzten ihn die Hüften, als er in das Auto stieg, dann verschwommen, durch eine, man kann es nicht anders sagen, unverfroren früh einsetzende Altersweitsichtigkeit, die Verkehrsschilder, Umleitungs-Hinweise und Ampeln vor seinen Augen. Nichts wünschte er sich sehnlicher zurück als seinen kleinen grauen Flitzer, als er sich verzweifelt durch das schütter und weiß gewordene Haar strich, wohl ahnend, dass es ihm die Hüften nicht mehr erlaubt hätten sich überhaupt noch in jenes Gefährt von früher zwängen zu können. Nichts von der früheren Lebensfreude war ihm geblieben. Mit noch nicht einmal 25 Jahren war er am Ende seines Lebens angekommen. Ein chronischer Husten plagte ihn nun selbst im Sommer, so dass er sich für das ständige Einschalten der praktischen Sitzheizung entschieden hatte- völlig ungeachtet der jeweiligen Außentemperaturen.

Ach, es war doch alles nichts mehr!

Ein letztes Mal tankte er Super Plus, fuhr durch die beste Waschanlage vor Ort, löste alle Rabatt Punkte ein, gönnte dem Auto eine Unterbodenwäsche und eine Glanzpolitur, hatte beim Ausfahren Probleme den altmodischen Zündschlüssel zu drehen, so heftig saß ihm die Gicht in den Fingern. Immerhin saß er wohl temperiert. „Beim Sterben, dachte er sich noch, „braucht man zwei Dinge: Ein blankes Auto und, noch wichtiger, einen warmen Hintern." Jetzt musste ihm seine Familienkutsche nur noch beweisen, was sie so draufhatte. „Schneller, schneller, schneller", feuerte er sein Auto ungeduldig an, gehässig vom Husten unterbrochen. „Schneller!" Jeder einzelne Zeh fühlte sich so schwer an. Nur mit Mühe konnte er den rechten, morschen Fuß langsam vom Bremspedal zum Gas ziehen. Er seufzte. Das Auto anfeuern würde nicht ausreichen. Natürlich musste es er selbst tun. Ein letztes Mal schüttelte ihn der Husten durch, dann endlich gab er Gas –

LIEBE IN ZEITEN DER CORONA

Noch war der März nicht gekommen.

Trotz Aufkeimens der Corona-Meldungen im Jahr 2020 konnte man noch Cafés besuchen, was ich gerne beibehielt, da ich in Cafés am besten arbeiten konnte. Der weibliche Säugling am Nebentisch hatte in präziser Kleinstarbeit die gesamte Laugen-Brezel hingebungsvoll eingespeichelt, während die Mutter sich angeregt mit ihrer Freundin unterhielt. Ein ausgenommen freundliches Kind, ohne Zweifel. Längst schon hatte es Augenkontakt zu mir aufgenommen und strahlte mich begeistert an. So viel Enthusiasmus, die eigene Person betreffend, ist man ja als erwachsener Mensch gar nicht mehr gewohnt, so dass ich beschloss das Kind, entgegen eines zuerst gefassten Beschlusses, nicht zu ignorieren, sondern vielmehr die Zeit der stillen Interaktion zu genießen, anstatt sie mit Arbeit zu verschwenden. Ich schob meinen Laptop ein wenig zur Seite, schaffte so mehr Platz für den Kaffee und einen größeren Bildausschnitt hin zu dem ganz ausgesprochen freundlichen Kind. Mittlerweile hatte dieses offenbar den Beschluss gefasst meine Entscheidung seinerseits zu belohnen. Es streckte mir ein ganz beachtliches Stück seiner einge-speichelten Brezel entgegen; offenbar in großer Sympathiebeweis, der mich aber ähnlich überforderte wie die Geschenke, welche mir meine Katze zuweilen in Form von Mäusen auf die Hausmatte legt. Die Mutter griff glücklicherweise ein, wand der Kleinen geschickt das nasse Gebäck aus den Fingerchen und lenkte es mit Spielzeug ab. Hastig stürzte ich meinen Kaffee herunter, packte meinen Laptop und entschwand nach vorne, um zu zahlen. Da man ja weiß, dass kleines Kinder einen unverzüglich wieder aus ihren Gedankengen tilgen, sobald man ihrem Blickfeld entschwindet, hielt ich dies für die diskreteste Art unsere Interaktion zu beenden. Mein Plan ging auf, doch andersrum, da kann man nichts machen, klappte es nicht.

DIE KLEINE FAMILIE

Einst nannten wir sie

Liebevoll

Die „kleine" Familie.

Wie klein sie wirklich waren

Erfuhren wir erst, als es zu spät war.

Was man dem anderen nicht gönnt,

„Kleine Familie",

Nimmt man sich selbst.

In der Missgunst liegt sie-

Die Wurzel des Unglücks.

Die Eltern der Triebe, aus denen

Kein Glück und kein Kind

Jemals wächst, noch

Erwächst.

(C.J.Schulze)

VON FESTPLATTEN UND MENSCHEN

Mir wurde etwas sehr Merkwürdiges entwendet, nämlich eine kleine Computer- Festplatte. Der Dieb, wie sich später herausstellte, war verliebt, furchtbar verliebt in diese kleine Festplatte. Er gab sie nie wieder aus der Hand, und am Ende, ich weiß, es klingt grotesk, doch am Ende waren sie eins.

Ihr Inhalt war auf ihn übergegangen, und ohne ihn da fühlte sich die kleine Festplatte ganz unerhört leer.

So blieben sie ja, was nicht zu verwundern mag, für immer zusammen.

KLEINE HASEN

Inmitten all der rot-weißen Polizeiabsperrungen und Atemmasken sah ich sie beim Bäcker. Hinter Glas lagen sie da.

Zuckersüß. Kleine, niedliche Hasen. Oster-Vorboten. Zuckerhasen mit einer Halskrause, die aus einer winzigen Karotte bestand.

Ich weiß nicht warum. Aber in all dem Sterben, in all dem Elend, welches Familien und Länder ereilt hatte, wusste ich plötzlich, dass ich sie unbedingt bräuchte: Diese Hasen.

Genau diese Hasen mit ihrer weißen Zuckerglasur, ihren großen, braunen Augen und einer Halskrause, die aus je einer im Größenverhältnis zum Hasen passenden Marzipan-Karotte bestand. Die Bäckerin sah mich an.

Deutlich erkannte ich die Tränen in ihren Augen.

Mit der Zange griff sie drei der Hasen und steckte sie vorsichtig, so dass keine der Marzipankarotten einen Schaden nehmen konnte, in die Papiertüte.

„Hier", sagte sie nur ruhig, während sie mir die Tüte reichte. Sie wollte kein Geld.

„Die besten Dinge kosten nichts." Ich verkniff mir jegliche Satire, jeglichen Witz, denn es gab nichts worüber man hätte lachen können. So nahm ich sie mit mir, die besten Dinge, die allerbesten und wagte es nicht sie zu essen.

GIFTKELCHE

Die durchschnittlich wirkende, im Grunde erfreulich unauffällige Familie, die einst im Mehr-Familien-Haus des in sich gekehrten Berufsmusikers Matej Novotnys wohnte, war längst zu einer Art verstörender Sekte geworden, zu einem Geheimbund, in der zwei frühere Mitglieder, Novotny und seine alte Mutter Tereza unter ihnen, als Feindbild auserkoren wurden, um damit den inneren Halt der anderen signifikant zu stärken. Nun wusste Matej Novotny aus einschlägigen Dokumentationen gut, dass sowohl Sekten als auch international agierende Terror-Organisationen grundsätzlich nach diesem Prinzip vorgehen.

Versuche einzudringen, wieder an den eigenen Verstand der einzelnen Familienmitglieder zu appellieren, scheiterten kläglich. Er hoffte darauf, dass zumindest die beiden Kinder sich nicht infizieren ließen, doch war er wohl als Musiker weitaus zu weltfremd, zu naiv in seiner Hoffnung auf das Schöne und Gute, den aufgeklärten, gebildeten Menschen. Es geschah in

Übergängen. Zuerst stellte man die Begrüßung im Treppenhaus teilweise, dann vollends ein, später dann wurden erstmals die Mülltonnen der Familie Novotny nicht mehr gemeinsam mit den anderen Mülltonnen herausgerollt wenn es an der Zeit war.

Man entwendete ihnen eine zudem einen Eimer mit Streusalz, Versandkataloge eine kleine Schneeschippe aus Holz und knallte zu allem Überfluss die schwere Haustür gerade dann besonders heftig ins Schloss wenn die alte Dame Tereza sich ein wenig auszuruhen pflegte, was in der Regel kurz nach 13.00 Uhr geschah. Dann begann man bewusst Lügen über beide zu erzählen. Angeblich habe Matej Novotny, der von Beruf Pianist, und ein zudem besonders feinfühliger war, dessen Sensibilität gar im berühmten *Corriere della Sera* nicht unerwähnt geblieben war, einem fremden Mann, der eben noch froh und unbehelligt des Weges ging, gerade so, weil ihm danach war, *mit der rechten Faust brutal mitten ins Gesicht geschlagen* während Matej Novotnys betagte Mutter, Tereza, dies empörender Weise mit besonders wüsten, heiseren Anfeuerungsrufen und offenbar entzücktem, schauerlich- hexenartigem Kichern auch noch sehr frech und fatal befeuert haben sollte, woraufhin der so freundlich und harmlos wirkende, arme fremde Mann gar heftig schreiend und wimmernd zu Boden gegangen sei, daraufhin von Novotnys Mutter mit rücksichtslosen Fußtritten traktiert und mit der recht unverblümten Aufforderung: „Verblute, du dreckige Sau", gedemütigt worden sei. Sie soll dabei sogar zehn bis gar zwölf Zentimeter hohe Pfennigabsätze mit Nieten in äußerst aggressivem, grellen Rot-Ton getragen haben. Da die alte Mutter von Matej Novotny nun aber noch nie auch nur der buchstäblichen Fliege etwas zuleide getan hatte, und sich darüber hinaus seit Jahrzehnten für die Wohlfahrt stark machte, konnte man so etwas kaum glauben. Man tat es aber bedauerlicherweise doch, und zwar ohne die Beteiligten nach dem wahren Hergang der fraglichen Geschichte zu befragen. Zwar verstanden die Kinder der Sekten-Familie die Welt nicht mehr. Die gleiche Oma Novotny, die ihnen all ihre Lieblingsplüschtiere in den Kindergarten gebracht hatte, die Nacht bei Nacht bei ihnen gewacht hatte wenn die Eltern aus waren, zu der sie sich immer hatten flüchten können. Genau diese Oma Novotny hatte einfach einen hilflosen Mann getreten und beleidigt. Besagter Mann indes war kein unbeschriebenes Blatt; er wurde in Insiderkreisen wegen seiner servilen und zugleich tückischen Art *„Uriah Heep"* genannt. Nun ließ er einen langen Artikel über sich schreiben. *„Gewalt gegen Männer"*, stand da zu lesen und er warb unter falschen Tränen für Männerhäuser. Nun muss ich sagen, dass es Männerhäuser tatsächlich gibt und es gibt natürlich leider auch Gewalt gegen Männer. Für die Männer, denen tatsächlich so ein Leid geschieht ist es, wie ich finde, eine Beleidigung mit Uriah Heep in einen Topf geworfen zu werden. In Wahrheit hatte die reine, böse Hinterlist in Person, Uriah Heep, nämlich, und niemand sonst, die alte Dame, Novotnys Mutter Tereza, während eines abendlichen Spaziergangs, den sie leichtsinnigerweise allein unternommen hatte, angegriffen und ihr den Arm auf den Rücken gedreht. Sicherlich wäre es nicht dabei geblieben, wäre nicht durch gefälliges Gottesglück just in jenem Moment ein stadtbekannter, offenbar zudem noch hellsichtiger Psychiatrieinsasse namens Holzapfel aufgetaucht, wohl von einem freien Nachmittag in der Stadt unterwegs zurück zur Klinik. Dieser lief dicht an Tereza vorbei und warnte sie laut und eindringlich vor Uriah Heep. Dies brachte diesen offenbar aus dem Konzept, so dass Uriah sofort von Tereza abließ, flüchtete, während der Psychiatrieinsasse seines Weges ging wo er, kaum um die Ecke, damit befasst war eine Laterne gründlich sauber zu schlecken. Uriah wurde an der Ecke von einigen Schurken, denen er Geld schuldete, malträtiert bis diese, wiederum - von den Lichtern eines Polizeifahrzeuges irritiert- von ihm abgelassen hatten und ohne Spuren zu hinterlassen, geflüchtet waren. Holzapfel wurde nicht befragt. Geglaubt hätte man ihm ohnehin nicht. Das störte ihn hingegen nicht. Er hatte seine tägliche Ration an Glückspillen. Mehr brauchte Holzapfel nicht, zumindest er nicht. So entstand nun also das Gerücht um das angebliche verabscheuungswürdige Vergehen von Matej Novotny und dessen Mutter Tereza. Schließlich verbreitete man noch einige Gemeinheiten darüber was Novotny angeblich zu dem neuen grünen Kleid der Nachbarin Kutschinski gesagt haben solle. Tereza Novotny soll mit sehr verächtlichen Gesichtsausdruck den Begriff „erbärmliche Presswurst" verwendet haben, Matej Novotny hingegen soll den dringlichen Wunsch ge-äußert haben auf der Stelle zu erblinden. So war es der gesamten, ungläubigen Nachbarschaft und selbst den eigenen Kindern berichtet worden, ohne rot zu werden versteht sich. Immerhin ging es um einen guten Zweck und der Mann, das angebliche Opfer war eingeweiht, bekam ab und an etwas Geld zugesteckt und auch an Lob für sein Vorgehen wurde nicht gegeizt. Der erste und der zweite tückische Schritt Matej Novotny samt Mutter effektiv zu isolieren war vollzogen, nun folgte der weitere Schritt mit einer Systematik als hätten die Eltern der Familie, die sich aus ihnen und zwei schüchternen Kindern zusammensetzte, persönlich und ausführlich ausgerechnet das große Handbuch für Sektenführer durchgelesen.

Menschen, die in ihren Vertrauenskreis gelangten, wurden nun mit gezielt gestreuten Lügen, böswillig-grotesken Unwahrheiten, besonders elenden Übertreibungen und sonstigen Fehlinformationen so sehr gegen Novotny und dessen alte Mutter aufgebracht, dass diese mit Angriffen auf sich rechnen mussten. Es gab nur eine einzige Meinung dort, alles andere war lediglich Majestätsbeleidigung.

Verblüffend, wie perfekt all dies funktionierte. Von ihren Jahren her erwachsen, doch innerlich gebrochen, so dass sie nicht mehr in der Lage waren sich wirklich aus der Kinderrolle zu befreien, waren die Kinder zu stets etwas bleichen, traurigen Mitläufern gemacht worden. Der einzige aber wackere Versuch

Novotnys, beide in einem günstigen Augenblick gleichsam zu einem einigermaßen vernünftigen Gespräch zu bewegen, scheiterte direkt nach seinem beherzten Anlauf, was ihn im Grunde die Erfahrung, beziehungsweise sein breites Wissen, das sich immerhin solide aus einschlägigen und gut recherchierten Dokumentationen speiste, längst hätte lehren sollen. Fassungslosigkeit und der legendäre Mut der Verzweiflung, vielleicht auch die zunehmende Sorge um seine betagte Mutter, hatten es ihn jedoch nochmals versuchen lassen, doch wie auch Sisyphos hatte Novotny im Grunde bereits geahnt, dass es sinnlos sein und all seine Bemühungen umsonst sein würden. Der Giftkelch, der, leider zu oft, von Generation zu Generation weitergereicht wird, war ihnen bereits zu trinken gegeben worden. Beiden Kindern. Novotny war also hilflos, chancenlos. Blieben ihm und seiner Mutter nur noch eins: Die Erinnerung an das, was einmal schön gewesen war, bevor aus der Familie eine erbarmungslose Sekte geworden war. Novotny dachte an die vielen grünen Frühlingstage, an denen seine Mutter bei den damals noch Kleinen gestanden hatte wie eine wahre Großmutter. Obgleich nicht blutsverwandt hatten sie doch immer dazugehört.

Gewacht hatte sie über das Wohl der Kinder, deren Lachen nun wie ein wunderbarer Widerhall in ihm erklang. An die Sommer dachte er mit dem kleinen, aufblasbaren Schwimmbad und dem lauten Kreischen vieler Kinder. Ein Geburtstag. Feste. Blaubeeren.

Herbst mit Papierdrachen, Kastanien, heißer Schokolade und lange, warme Winterabende zuhause mit Kerzen und Büchern und Geschichten. Vorbei war es. Vorbei mit großem Schrecken. Doch beide hatten ihre eigene Art damit umzugehen. Denn nur, weil es schrecklich endet, heißt es nämlich noch lange nicht, dass all die Jahre, die zuvor schön waren, nun nicht mehr gelten. Dieser Satz stammt allerdings nicht von mir, sondern von jemandem, der viel gesehen hat. So viel wie wohl nur kleine Kinder und alte Menschen imstande sind zu sehen. Er stammt also, es liegt ja auch nahe, von keiner Geringeren als Novotnys alter Mutter. Da war er wieder. Unverhofft. Der zauberhafte Widerhall des Lachens von einst. Er war nicht blasser, hohler, nicht das, was man einen faden Abklatsch hätte nennen können. Nein, klar und fast noch übermütiger als damals hallte es in Novotny wieder. Ein warmes Lächeln zog sich nun über sein Gesicht. Der Giftkelch hatte seine Macht verloren.

SPRACHLOS

Ich komme zurück von einer Reise. Will in die Küche. Diese ist verschlossen. Ich klopfe. Man öffnet mir. Ich vermisse meine Mutter. Man sagt mir, sie sei unlängst gestorben. Ich sage, ich hätte dies schon befürchtet. Man nickt mir feierlich und mitfühlend zu.

Ich laufe dennoch gehetzt davon, durchlaufe einen Tag und eine ganze Nacht, stehe schließlich vor einem großen, dunklen See mit ruhigem Wasserspiegel.

Zwei alte Frauen rudern stehend auf Brettern über den See. Eine der Frauen verlassen die Kräfte. Sie legt sich hin und ruht sich etwas aus. Dann kommen sie aufeinander zu. Die Erstere verlässt das Brett und läuft auf die andere über das Wasser zu. Ich sage: „Wie Jesus!" Da antwortet neben mir eine ernste Stimme: „Das darf man nicht sagen!" Ich schweige.

Sie nähern sich mir. „Suchst Du das Glück?", will die Zweite nun wissen. Ich schüttle den Kopf. „Das Glück ist gestorben", antworte ich, und: „Das hatte ich befürchtet." Doch die alte Frau schüttelt nur lächelnd den Kopf und versichert mir, dass das Glück ebenso wenig sterben könne wie das Leben. Ich denke sofort an meine tote Mutter und will etwas sagen, doch wieder verbietet mir die Stimme den Mund. „Das darf man nicht sagen." Ich schweige erneut. Da weist die erste Frau auf die stille Oberfläche des Wassers. Wie in einem Spiegel sehe ich dort meine Mutter. Ich sehe sie als Kind und als junge Frau. Ich sehe sie mit meinem Vater, ich sehe sie mit mir auf dem Arm. Die zweite Frau fragt nun: „Suchst Du das Glück?" „Ich habe es soeben gefunden", gebe ich ihr zur Antwort zurück.

Ich betrachte die stille Wasseroberfläche erneut.

Beide Frauen nicken nun zufrieden. Eine legt mir die Hand auf die Schulter. Sie ist kalt. Sehr kalt.

Ich spüre die Kälte durch meine Jacke hindurch. Die Kälte verbleibt im Gewebe der Jacke. Doch stört sie mich nicht. Es erscheint mir als müsse das alles so sein.

Die körperlose Stimme neben mir sagt nun, wie zur Bekräftigung: „Das Glück kann ebenso wenig sterben wie das Leben." Wir erreichen ein Ufer.

Die kalte Stelle an meiner Jacke erwärmt sich nun.

Die Frauen winken mir zum Abschied und versichern mir, dass sie mich wiedersehen würden.

Das Glück ist nun bei mir. Doch ich spüre, dass ich niemandem davon erzählen darf.

Andererseits ist das nicht schwer, da außer mir niemand hier ist.

Doch das ist auch wiederum nicht richtig.

Überall sind die Bilder meiner Mutter.

Sie ist bei mir. Wie sie war, wie sie ist und wie sie sein wird. Mehr darf ich nicht sagen.

Die ernste Stimme hat es mir verboten.

UNMENSCHLICHER SCHMERZ

Meine Nichte klopft oben an die Haustür. Sie hat keinen Schlüssel. Niemand ist da. Fast niemand.

Ich bin da, eine Etage tiefer, aber ich habe auch keinen Schlüssel. Sie könnte auch zu mir kommen, es regnet.

Aber das wird sie wohl nicht tun. Sie redet nicht mehr mit mir. Ihr kleiner Hund kläfft von der anderen Seite der Tür zu ihr heraus, und sie ist verzweifelt. So sehr möchte sie zu ihm. Sie möchte lieber zu ihm als zu mir. Ich muss an die Amerikanerin denken, die ihren Hund in Japan klonen lassen wollte. Ihren toten Hund. Sie sagte in einem Interview, dass bereits der Tod ihrer Mutter sie irgendwie belastet hätte. Doch der Tod ihrer Mutter sei einfach nichts im Vergleich zu dem unmenschlichen Schmerz, den sie jetzt fühle. Jetzt, wo ihr Struppi tot sei. Heftiges Weinen bei der Amerikanerin. Zeitsprung in meinem Kopf. Einige Jahre später.

Meine Nichte, erwachsen, klopft an die Tür, und alle sind tot. Warum nur hat sie denn nicht rechtzeitig ans Klonen gedacht? Wie kurzsichtig! Nun rächte es sich.

Wenigstens doch ihren kleinen, putzigen und treuen Hund hätte man klonen können? Warum hat sie denn nicht daran gedacht, als es noch möglich war?

Sie klopft an die Tür.

Kein Laut. Kein Gebell. Kein Lachen. Nichts.

Sie klopft. Sie klopft und klopft.

AUF DER FÄHRE

Im Sommer fahre ich mit der Fähre immer zwischen Meersburg und Staad hin und her. Mein Monatsticket erlaubt mir glücklicherweise solcherlei Eskapaden. Mit einem Buch und einer Flasche Wasser sitze ich in der Sonne, lese, während der Fahrtwind ungeduldig an den Seiten des Buches und an meinen Haaren zieht. Will er am Ende wissen wie die Geschichte weitergeht? Vermutlich nicht. Der Wind kennt jede Geschichte, die sich auf dieser Welt jemals ereignet hat. Manchmal steige ich in Meersburg aus. In solchen Fällen besuche ich das Schloss. Auch die alten Kerker. Der hier in Meersburg wurde „Angstloch" genannt, und an einer Stelle kann man sehen wie von einem Gefangenen das Wort „Leben" in die Kerkerwand geritzt wurde. Ich weiß nicht warum ich mir das immer wieder ansehe. Vielleicht einfach deswegen, weil die Angst, die mir selbst nicht fremd ist, stets dann, wenn ich wieder zurück auf der Fähre bin, umso mehr zurückweicht. Gegen das die Sonne reflektierende Wasser, gegen den Fahrtwind und das leise Gemurmel der anderen Gäste, gegen mein Buch, und gegen die Gewissheit, dass ich auch morgen wieder hier sein werde, kommt sie einfach nicht an. Die Angst.

ZUM GEDENKEN

Zum Gedenken hatte man der verstorbenen Mutter ein kleines Beet im weitläufigen Hintergarten ange-legt, auf welchem immerzu eine Kerze brannte. Im Winter war dort eine Christrose zu finden, im Sommer Wildrosen, im Herbst kräftig violettes Erika-Kraut und im Frühjahr stets wechselnde weiße, kleine Blumen.
Helle Engelfiguren zierten die runden Steine, welche das Beet vom Rest des Gartens abgrenzten. Doch nichts in diesem Leben währt für immer. Diesen Kalenderspruch hatte der alte Mann, ihr Witwer, erst neulich seinem mit Weisheiten und mit Weitwinkel-fotografien gespickten, geliebten Tischaufsteller ent-nommen. Noch in der Woche davor hatte der Witwer mit Mühe eine rote Grabkerze entzündet. Bestimmte Bewegungen strengten ihn nun mehr an als noch vor kurzem. Der Sohn, welcher das Erinnerungsbeet ur-sprünglich gemeinsam mit dem alten Vater angelegt hatte, und dem mittlerweile, aus Gründen, die im Dunkeln lagen, viel daran lag ihn zu verletzen, sah die Gebrechlichkeit des Vaters. Etwas Böses flackerte, wie so häufig in letzter Zeit, in ihm auf, und so ließ er das kleine Beet samt Kerze entfernen, die Engel zerstören. Bereits am nächsten Tag dann kaufte er sich einen

vollautomatischen Rasenmäher in Graphit, welcher nun tagein, tagaus brummend über die große Rasenfläche fuhr, und zuverlässig alles unter ihm auf ein einigermaßen erträgliches Maß von Rasen zurechtstutzte. Ordnung musste nämlich sein. Sie musste ganz unbedingt sein! Verschwunden waren also die kleinen Figuren, die Kerze, die Blumen. Verschwunden war, zumindest ein wenig, auch das nagende Gefühl, welches den Sohn in letzter Zeit beschlichen hatte, wenn er zu dem Gedenkbeet hin blickte, und ihm insgeheim bewusst wurde wie er alles, wofür seine Mutter im Leben stand, mit Füßen getreten hatte. Er hatte ihr ganzes, langes Lebenswerk in nur wenigen Monaten zerstört. Ihr Lebenswerk, das war die intakte, große Familie gewesen, welche sie in vielen Jahren aus einem Nebenzweig mit all ihrem wunderbaren Wesen selbst zum Blühen gebracht hatte. Inmitten einer garstigen, in sich hoffnungslos zerstrittenen, boshaften und gehässig nachtragenden Verwandtschaft war ihr dieses kleine und doch so große Wunder gelungen. Er selbst hatte es indes mittlerweile komplett zerstört, nach und nach, wobei auch im Haus jede ersichtliche Erinnerung an die Mutter schnell ausgemerzt war. Ihre Möbel waren entsorgt, die pastellfarbenen Wände ihres Zimmers überstrichen, selbst ihre historisches Schmuckstück, eine alte, blau-weiße Küchenzeile hatte er wegbringen lassen. Einmal war es ihm sogar so als müsse er sie verfluchen, weil sie es gewagt hatte ihn zu gebären, weil sie es so vermessen gewagt hatte aus ihm einen guten Menschen machen zu wollen. Das hatte sie einfach so gewagt, und nun war sie fort. Sie gehörte, wie er fand, bestraft, sein Vater gleich mit dazu. Die Abwesenheit jedweder Liebe in seinem Leben hatte seinem Äußeren etwas Verschlagenes und Gehetztes verliehen. Beinahe wäre man geneigt gewesen ihn zu bedauern, wenn nicht seine reine Anwesenheit den, der zu nahe bei ihm stand, vor Grauen jäh erschauern ließ. Das fühlte er, zu übersehen war es ja nicht. Niemand mehr konnte ihm indes den Weg aus diesem Zwang noch weisen, wobei er sich die diabolische Motivation hierfür selbst nicht so recht erklären konnte. An den Tagen gelang es ihm zumeist sich davon abzulenken. Doch wenn er nachts aus dem Fenster sah und dort die Kerze auf dem Beet erblickt hatte, konnte er dieses Wissen nicht mehr ertragen. Nun, da die Kerze fort war, schien es etwas leichter geworden zu sein. Doch in den Träumen tat sich an jener Stelle ein Schlund auf, der ihn Nacht für Nacht in sich hineinsog und des Morgens wieder in ein so unerträglich leeres Leben zurückspuckte, dass er nicht mehr mit Sicherheit sagen konnte was denn nun von beidem das grundsätzlich Schlimmere war. Der alte Mann hin-gegen hatte die fortgeworfene rote Kerze samt des violetten Erikakrauts gefunden und mit ins Haus genommen. Es leuchtete so tröstlich wie es ihr, der Verstorbenen, ganz besonders gefallen hätte. Im Winter war dort auch wieder eine Christrose für sie zu finden. Und es war auch im Winter, in dem er nun immer häufiger ihre Stimme hörte. Nichts gab es was ihm wunderbarer erschien. Natürlich war er klug genug, um niemandem von dieser Stimme zu erzählen. Es war ja immerhin hinlänglich bekannt, wie hierzulande gelegentlich mit den Menschen umgesprungen wird, die so etwas weitertragen. Der alte Mann behielt es also für sich und pflegte die Blumen, die nachts von der Kerze bewacht wurden, ebenso wie damals auf dem Beet. Die zerstörten Figuren brauchte er längst nicht mehr. Eines wusste er auch so - und er wusste es genau: Nichts auf dieser Welt konnte ihm noch etwas anhaben. Jemand war bei ihm. Jemand, den er liebte.

FLIEDER

Als sie den jungen Fliederstrauch abhackten, den ihnen ihr Diener zum Hochzeitstag geschenkt hatte, begann ihr Niedergang. Bereits der erste Strauch, der anlässlich ihrer Hochzeit gepflanzt worden war, und der im Lauf der Jahre plötzlich zu faulen begonnen hatte, hätte ihnen eine Warnung sein sollen. Bevor dieser entfernt wurde, hatte der Diener sich heimlich einen Ableger genommen, diesen zärtlich bewahrt und wachsen lassen, um ihn den Herrschaften im Jahr darauf wieder zu schenken. Diesmal faulte er nicht. Vermutlich wäre es noch dazu gekommen – hätte man ihn nicht rechtzeitig abgeschlagen. Es war das erste Mal, dass der Diener seiner Herrschaft etwas übelnahm. Und in all dem Elend fragte ich mich immer wieder, wo denn das Glück geblieben war. Wohin hatte es sich verkrochen? Mit mir sprachen Diener und Herrschaft ohnehin nicht mehr. Als Triade muss man sich abgrenzen, sonst zerbricht sie. Doch nun lag es nicht an mir, sondern am Fliedermord. Gern hätte ich den Flieder gerettet, umgepflanzt, um ihm im vorderen Garten, direkt neben meiner Treppe, ein neues Zuhause zu geben. Doch sie hatten es so gemacht wie immer: Bevor jemand anderes Freude an

etwas haben könnte, das sie beschlossen hatten weg-
zuwerfen, wurde es zerstört. Auch der Diener bekam
den schönen Flieder nicht zurück. Nicht einmal einen
Ableger. Vermutlich hatten sie längst vergessen, dass
er von ihm stammte. Der Flieder lag also gefällt im
Garten, der Diener sah recht finster drein, und ich
mochte mich nicht mehr an den Geruch des Busches
im Frühjahr erinnern. Fast kam es mir vor als sei er da
schon immer so gelegen. Entstellt und frierend lag er
auf der herbstlichen Erde. Wer würde sich einst an ihn
erinnern? Oder an den eifrigen Diener? Die Herrschaft
mit Sicherheit nicht. Mit der Herrschaft, ich hatte es
eingangs erwähnt, ging es nämlich bergab, und lange
dauerte es nicht mehr bis der Diener Flieder an ihr
Grab hätte bringen können - wenn er denn noch
gewollt hätte. Doch von ihm war nun in ebendieser
Hinsicht ganz offenbar nichts mehr zu erwarten. Sein
von Eigensinn gezeichnetes Gesicht bewahrte sich
den letzten Rest von Stolz, während er eben jenes
Grab weitläufig mied und es niemals, wirklich niemals,
mit Flieder oder etwas Anderem schmückte. Kein
Tannenreisig, keine Herbstgebinde. Man wusste nicht,
ob er für das so zeitige Ableben der Herrschaft gesorgt hatte, oder aber ob vielmehr doch der damals

bereits sterbende erste Busch ein früher Todesbote gewesen war, dem auch das Glück der zweiten Chance nichts entgegensetzen konnte. Wie auch, wenn diese zweite Chance sich elend auf dem Boden krümmte, die kleinen Äste wie dürre Fingerlein entsetzt in die Erde gekrallt. Nun kam niemand mehr zu der einstigen Herrschaft. Braune, nasse Blätter klebten, matschig faulend, auf diesem letzten kleinen Grundstück, kerzenlos und unbesucht. So ein Tod wirft einen, wie ich finde, doch immer auch ein wenig auf einen selbst zurück. Als Herrschaft und Diener weggegangen waren, da wurde es doch zuweilen ein wenig einsam um mich, was mich wunderte, da mich Ruhe bis dahin nie gestört hatte. Doch nun kamen sie, all die Gedanken, vor denen man im Leben allzu gerne ausweicht. Ich schreibe. Manchmal denke ich, dass ich weniger schreiben und mehr hätte leben sollen? Oder ist das am Ende gar kein Gegensatz? Wer würde sich einst an mich erinnern? Da kam mir Mia in den Sinn. Meine Mia, die jetzt so weit weg zu sein schien. Obwohl sie doch eigentlich immer bei mir war. Mein ganzes Leben lang. „Es ist nämlich einfach so", hatte Mia einmal gesagt, „du brauchst etwas, das dich daran erinnert an mich zu denken. Immer wenn du den Wind hörst oder Musik, oder immer, wenn du diesen bestimmten Geruch von frischem Gras wahrnimmst, dann weißt du, dass ich da bin. Es erinnert dich an mich, verstehst du? Auch wenn ich gar nicht weg bin, sogar wenn ich neben dir sitze. Du kannst laut Mia sagen, oder leise. Es reicht auch, wenn du es nur denkst. Überhaupt ist das so mit den Gedanken. Sie fliegen mit dir überall dorthin, wo du möchtest."

Ich denke, dass Mia das Leben, das Glück besser begriffen hat als ich das jemals könnte. Noch immer lerne ich von ihr. Ich dachte daran wie Mia, die zunächst nur auf dem Papier existierte, ein Eigenleben bekam. Wie sie Glück und Unglück am Schopf gepackt und das Sterben verweigert hatte. Nein, das Sterben hätte nicht zu Mia gepasst. Nur das Glück. Noch staune ich darüber wie sie es schaffte dorthin zu gehen, wo das, was wir Glück nennen, sich durch nichts vertreiben lässt. Es ist einfach. Es war, und es wird sein. Länger als wir, größer als wir und am Ende auch immer - glücklicher. Während ich in Gedanken noch bei Mia bin, ersteht der Flieder und erblüht zu neuem Leben. Anders kann es nicht sein. Anders darf es nicht sein. Des Flieders feiner, unverwechselbarer Geruch breitet sich über allem aus.

HEIMAT

„Ich bin seine Heimat", hatte die uralte Frau, die bei mir um die Ecke wohnte, immer über ihren Bruder gesagt. Beide einst Flüchtlingskinder aus Schlesien, von der Familie hatten nur sie beide überlebt. Gretel, die einige Jahre älter war, und Hans. Doch nein, ein Märchen ist das nicht, was sie erlebt hatten, selbst wenn die Namen, welche ihnen von den auf der Flucht erfrorenen, und somit als namenlose Tote in Schlesiens Winter zurückgebliebenen Eltern gegeben worden waren, dies vielleicht vermuten lassen könnten. Doch wäre es ein Irrtum an so etwas zu glauben. Nichts war märchenhaft an diesem Leben denn gab es kein gutes Ende. Für niemanden. Und dennoch war sie zeitlebens stolz darauf seine Heimat zu sein, fernab in der Fremde. Sie überlebte ihn, wurde in dieser Zeit etwas vergesslich und schwermütig, neigte, wie so viele ältere Menschen dazu immer das Gleiche zu erzählen und vergaß viel. Nur ihren jüngeren Bruder Hans, den hat sie nie vergessen. Sie hoffte immer auf die Todesstunde, in welcher sie ihm, ihren Eltern und all den so jung verstorbenen Geschwistern wieder begegnen würde. Feierlich wartete sie auf diesen Augenblick. Niemand von uns war bei ihr als dieser kam. Dass er gekommen war, daran hatte ich keinen Zweifel mehr als ich das feine, fast verschmitzte Lächeln auf ihrem ansonsten starr gewordenen Gesicht wahrnahm. Ihre Augen schienen durch mich hindurch zublicken. Manch einer, sicherlich auch ich zu früherer Zeit, würde vielleicht sagen, dass die Augen Toter grundsätzlich nirgendwo mehr hinblicken. Doch in diesem Fall war es so: Gretchen blickte durch mich hindurch, blickte durch das, was Welt gewesen war hindurch, sah in unendliche Fernen hinein. Vermutlich suchend, zu Beginn. Dass sie nun ihrerseits ihre Heimat gefunden hatte, sagte mir dieses Lächeln. Seither schreckt mich der Tod nicht mehr. Manchmal, vor allem in letzter Zeit, ertappe ich mich dabei mir vorzustellen, wer dort drüben auf mich warten wird. Ich freue mich auf so viele von ihnen. Ich weiß sogar, wer mir hinterher winken wird wenn ich gehe. Lukas wird das sein, Anton, Kai und Mia. Gerda, die Eule, sowieso. Die Kinder, die einmal meiner Phantasie entsprangen, bevor sie sich selbst unablässig ins Leben kämpften, Teil von meinem wurden. Und so wie ich tatsächlich hoffe auch Agathe zu treffen, dort, auf der anderen Seite; Agathe, die zunächst auch meiner Feder entsprang, bevor sie das so häufig von Schriftstellern zu jeder Zeit beobachtbare Eigenleben ihrer Figuren aus dem Papier heraus entwickelte. Agathe, die starb und auch mich untröstlich zurückließ. Doch werde ich sie wiedersehen. Das feine Lächeln auf Gretes Gesicht- was konnte es anderes sein als ein Versprechen? Ich werde sie wiedersehen und zugleich wird sie sich an mich erinnern. Zugleich werden sich alle an mich erinnern, und ich mich an sie. Es gibt auf der Welt nicht nur eine Heimat. Nicht nur eine Realität. Kein Grund also Angst zu haben. Vor allem nicht bei solch exklusivem Geleit. Sehr sicher bin ich mir, dass sie alle es sein werden, die mich einst verabschieden. Denn dort, wo wir uns einmal wieder treffen, da macht das keinen Unterschied. Das wäre doch mehr als kleinlich, finden Sie nicht?

Klára Sedlo, Prag

Hinweis: Die Autoren-Marge wurde herabgesetzt um die o.g. Bonus-Geschichten für Sie zu drucken. Unter-stützt wurde dies von der BS-Stiftung für therapeutisches Lesen und Schreiben. Künstlerin: Klára Sedlo, Prag.

WERNER WILKENING ÜBER DIE AUTORIN:

Dr. Claudia J. Schulze: Studium der Philosophie, Psychologie, Erziehungs-wissenschaften und Literaturwissenschaften.

Redaktionsmitglied der Literaturzeitschrift WANDLER.

Ihre Geschichten handeln von jenen Verzweifelten, die irgendwo und irgendwann den Anschluss verloren haben, Irgendwo am Rande - inmitten? - einer Gesellschaft existieren, die sich dem Erfolg, der Selbst-Optimierung, Eigen-Effizienz – dem Wohl-Stand und der Ego-Manie verschrieben hat.

Doch wer hier langwierige Analysen schwieriger Patienten erwartet hat, dürfte enttäuscht werden. Ihr geht es um mehr: die Sonde nämlich an die Wurzel zu legen, die Wurzeln unserer Menschlichkeit – unserer Existenz, unserer Endlichkeit und der Grenzen unseres Verstandes. Manch einer ist daran schon buchstäblich irre geworden – und um genau solche Menschen geht es.

„Lebenszeichen" - so heißt z.b. eine ihrer Kurz-geschichtensammlungen – so könnte man auch ihr Werk umschreiben. Ihre Helden bewegen sich zwischen Traum & Realität – zwischen Leben und Tod – nicht nur als Patienten, also: Duldende. Sie besitzen ihre eigne Kraft, ihren eignen Mut – eine eigene Würde. Und ihre eigne Komik. Tragik. Sie setzen Lebenszeichen! Deren Geschichten greifen allerdings weit über jede Rationalität hinaus – sind sie darum Irr-Rational? Ja. Nein. Es geschieht etwas Wunderbares, es geschehen aber keine Wunder. Ihre Helden sind auch Akteure ihres Lebens – und wir folgen ihnen bis zum (bitteren?) Ende.

Literatur beginnt dort, wo der Rahmen des Realistischen überschritten, transzendiert wird.

Verdichtet. Konzentriert. Und schließlich zur Form gerinnt. Zu Sprache. Die über allem Abgründigen schwebt wie eine stille Heilige, leicht und licht. Verzeihend. Und gnadenlos. Ehrlich. Ohne Lösung, doch nicht ohne Er=Lösung.

In gewissem Sinne schreibt uns die Autorin Märchen, nur nicht unbedingt romantische, eher kafkaesk-absurde. Und die stellen den Leser, bzw. Hörer vor manche Herausforderung, wenn er der #Logik ihrer Figuren folgen will. Oder habe ich da doch ein Augenzwinkern bemerkt – einen feinen bis boshaften Humor? Witz (im Sinne von ahd. Wizze = Geist. Gewitztheit.) Und ein tiefes, ehrliches Mitgefühl?

Insofern verweigert sie uns auch jede Zuordnung zu einem bestimmten Genre – jener Schubladen, die wir brauchen - um uns einigermaßen zurecht zu finden im Chaos unsres Universums.

Aber ... aber es handelt sich doch auch immer um Liebesgeschichten.

Wie z. B. die ihres Helden Charles Lemaign (s. 'In den Schuhen der Welt') –

„Ich kann Ihnen mit Sicherheit sagen (...) dass man zum Aufheben der vom Himmel gefallenen Sterne beide Hände benötigt. Und bedenken Sie, welcher Kraft es bedarf, die gefallenen Sterne für immer bei sich zu tragen, auch jene, die dazu kommen werden.

Es ist keine leichte Arbeit, die ich mir da ausgesucht habe. ´

Und doch muss sie getan werden. Immer wieder. Sie stimmen mir zu. Nicht wahr?" *(Werner Wilkening, Berlin)*

Werner Wilkening ist ein deutscher Schauspieler, Synchron- und Hörspielsprecher.

TV und Bühnenschauspieler

Sprecher der Klassiker wie

Anton Tchechov: Dame mit Hündchen Fjodor Michailowitsch Dostojewski: Der Großinquisitor

Nikolay Vasilyevich Gogol: Die Nase

Wilhelm Hauff: Das steinerne Herz

ETA Hoffmann: Die Abenteuer der Sylvester-Nacht

Joachim Ringelnatz, Rainer Marie Rilke uvm.

Ihre Geschichten beginnen so entspannt wie Reiseberichte oder sachliche Tagebuchnotizen –, doch kaum habe ich es mir als Leser bequem gemacht, fühle ich mich reingerissen in einen Strudel aus verstörender Alltagsmagie, knisternden Beziehungskisten, interkulturellen Verständigungproblemen oder überraschenden Schlaglichtern auf Persönlichkeiten, die gar nicht so simpel gestrickt sind wie sie zu schein scheinen. Claudia J. Schulzes Erzählstil ermuntert zum Mitfahren ohne Sicherheitsgurt, doch beim Hin- und Her-Geworfenwerden lernt man dann schnell, den flotten Fahrstil zu genießen, statt feige die Fahrerin zu bitten anzuhalten. (...) *Aristide*

Germanist, Johann Wolfgang von Goethe Universität, Frankfurt am Main.
* Die Printversion unterscheidet sich in einigen Geschichten von der Hörbuchversion. Die Rezension bezieht sich auf das Hörbuch.

Rezension „Glückspillen"

Wenn man denkt, dass diese Geschichten "Heile-Welt-Anweisungen zum Dauergrinsen" sind, dann sollte man nichts von Claudia J. Schulze lesen. Ihre Geschichten lassen sich für mich auf den Cohen´schen Nenner bringen: "There is a crack in everything. That´s how the light gets in". Und so dringt auch das Licht, das launische Glück zum Teil auf Umwegen durch diese Geschichten die so poetisch und gleichzeitig hintergründig witzig sind, wie man es von dieser, leider noch viel zu wenig bekannten, Autorin kennt. Für mich ein Geheimtipp und es sind - ja- meine persönlichen Glückspillen!
Im Buch sind noch einige Geschichten hinzugekommen-Wow! Das gilt auch für die genialen Bilder der Pragerin Klára Sedlo.
Heisenberg * Diese Rezension bezieht sich auf beide Versionen.

Studium der **Literaturwissenschaften, Psychologie, Kognitionswissenschaften** und **Philosophie** in Freiburg, Zürich, Karlsruhe und Konstanz. Abschluss in Pädagogischer Psychologie mit Literatur-Didaktik, Promotion in Freiburg.
Redaktionsmitglied der Literaturzeitschrift **WANDLER**
Mitglied der **Konstanzer Autorengruppe** *„Literarisches Café"* und des **Steinbachensembles** (Baden-Baden)
Veröffentlichung mehrerer Kurzgeschichten sowie Lyrik und Auszüge längerer Erzählungen in unterschiedlichen Literatur-Zeitschriften in Deutschland, Österreich und der Schweiz (Wandler, cet, Am Zeitstrand, decision, Anthologien wie die Bibliothek deutschsprachiger Gedichte,
Hörbücher (In den Schuhen der Welt, Nachtflüge)
Print- & Online-Veröffentlichungen, Print-On-Demand.
Autorengruppen in sozialen Netzwerken mit Veröffentlichungen
Veröffentlichung mehrerer Rezensionen (Print- und Online), Bibliothek deutschsprachiger Gedichte, Slam-Poetries, zahlreiche Autorengruppen und Literatur-Blogs.
UNTER <u>CJ.Schulze@gmx.de</u> kann man Bonus-Geschichten und Hör-Tracks anfordern.

Auswahl Print- und Hörbücher

Famille heureuse

Der Tote

In den Schuhen der Welt

Der Hunger der Käfer(Kafka)

Fiebertraum (Goethe)

Schwarze Kirschen (Tschechov)

Brain Terror (Kurzgeschichten)

Des Wahnsinns Beute(Print und Hörbuch)

Früher Frost(Print und Hörbuch)

Tee bei Dr. Goerdeler (Print und Hörbuch)

Lebenszeichen (Print und Hörbuch)

Ist so kalt der Winter

Agathes Weihnachtsbaum

Vom Mut des Drachentötens

Trauer in Wort und Bild

Einzelerzählungen:

Spaziergang mit Kafka

Der Garten

Ein Fremder

Schmerzlos

Vom Wind in den Fichten

Neumanns Traum (Trilogie)

Schwerer Seegang

Fremde Häuser

Um die o.g. Bonus-Geschichten zu drucken wurde die Autoren-Marge heruntergesetzt. Bild auf S. 126 ist eine bearbeitete Photographie und zeigt ein in Sedlos Bildern häufiges Motiv.